DE LA MÊME AUTRICE

AUX ÉDITIONS VERTICALES

Dans le temps, *1999*

Mes petites communautés, *1999*

Puisque nous sommes vivants, *2000*

L'Homme de mes rêves, *2002*

Les Sept Voies de la désobéissance, *coll. « Minimales », 2004*

Les Fantaisies spéculatives de J.H. le sémite, *2005*

On n'est pas là pour disparaître, *2007 ; Prix Wepler-Fondation la Poste 2007 ; Prix franco-allemand Candide 2007 ; Prix Pierre-Simon « Éthique et société » 2007 ; Folio 2009*

Que font les rennes après noël ?, *2010 ; Prix Alexandre-Vialatte 2010 ; Prix Ève-Delacroix de l'Académie française 2010 ; Prix du Livre Inter 2011 ; Folio 2012*

Ils ne sont pour rien dans mes larmes, *coll. « Minimales », 2012*

Mécanismes de survie en milieu hostile, *2014 ; Folio 2016*

Toutes les femmes sont des Aliens, *coll. « Minimales », 2016*

Éloge des bâtards, *2019 ; Prix Transfuge 2019* ; *Folio 2021*

CHEZ D'AUTRES ÉDITEURS

Les félins m'aiment bien, *Actes Sud-Papiers, 2004*

Les Lois de l'hospitalité, *Inventaire / Invention, 2008*

Viande froide, *Éditions CentQuatre / Nouvelles Éditions Lignes, 2008*

« Maison d'arrêt Paris-La Santé, 42, rue de la Santé 74014 Paris » *in* L'Impossible photographie : prisons parisiennes, 1851-2010, *Éditions Paris-Musées, 2010*

Jouer à chat, *Éditions Invenit / Musée des Confluences, 2018*

Futur antérieur, *coll. « Diaporama », IMEC, 2022*

olivia rosenthal

un singe à ma fenêtre

verticales

> « Tu t'es trompée d'endroit. Tu m'as donné une fausse adresse. Tu m'as envoyé là où les questions sont sans réponse. Dans un village désert. À la recherche de quelqu'un qui n'existe pas. »
>
> Juan Rulfo, *Pedro Páramo*

Parfois on se trompe, on croit chercher quelque chose qu'on peut nommer très explicitement, mais on cherche autre chose sans le savoir, avec une détermination et un aveuglement inexplicables. Par exemple on décide de partir au Japon pour un travail d'écriture, avec un protocole, des modes d'investigation, un plan d'approche, un objectif précis, on expose le projet devant un jury, on explique qu'on va écrire sur les répercussions vingt-cinq ans plus tard d'actes terroristes qui ont eu lieu dans le métro de Tokyo en 1995, les membres du jury acquiescent, on explique que 1995 c'est très ancien, qu'on veut explorer la mémoire des événements traumatiques, qu'on ne pourrait pas le faire à Paris en enquêtant sur les attentats parisiens parce qu'on aurait trop peur d'être aspirée et engloutie et submergée par quelque chose de trop proche, qu'on a besoin de dépayser le dossier, les membres du jury acquiescent, on dit aussi qu'on veut aller à Kyoto plutôt qu'à Tokyo pour approfondir encore cette idée de dépaysement, on veut rester à distance, on veut questionner les gens sur un événement auquel ils n'ont pris aucune part pour voir si l'oubli laisse quand même des traces, les membres du jury acquiescent, on rappelle les faits, 20 mars 1995, cinq attentats presque simultanés ont lieu dans le métro de Tokyo sur plusieurs sites différents, attentats perpétrés par les membres de la secte Aum à l'aide d'un gaz militaire, le gaz sarin, les terroristes répandent le gaz en perçant des sacs plastique avec la pointe de leurs parapluies, treize morts, plus de cinq mille blessés. On dit qu'on ne veut pas travailler sur les sectes mais sur le souvenir, les membres du jury acquiescent, on cite *Underground* de Murakami qui a déjà écrit sur ces attentats, on dit que ce livre est une base de réflexion mais qu'on cherche autre chose, d'une part parce qu'on n'est pas japonaise, d'autre part parce qu'on écrit vingt-cinq ans après les faits, les membres du jury acquiescent, on précise qu'il ne s'agit pas de revenir sur ce qui s'est passé mais sur les restes qu'un événement de cette ampleur peut laisser dans les consciences de celles et ceux qui n'en ont pas été directement victimes, les membres du jury acquiescent, tout en parlant on pense à 1980, on se souvient, adolescente, de la première manifestation à laquelle on a participé pour protester contre l'attentat de la rue Copernic, on se souvient qu'on se sentait comme protégée par une foule immense, par la ferveur et par le silence de cette foule, qu'on avait éprouvé pour la première fois de son existence un sentiment d'appartenance, comme s'il fallait des attentats, des drames et des centaines de milliers de personnes marchant côte à côte pour donner à ce sentiment une quelconque réalité, puis il y avait eu l'attentat de la rue des Rosiers en 1982, des hommes étaient entrés dans un restaurant et avaient tué de sang-froid des clients parce qu'ils étaient juifs, on pense que les temps ont changé, que l'effroi n'est plus le même, soit qu'on a vieilli, soit qu'on s'est habituée, soit que la violence ait pris depuis des formes plus extrêmes encore, on ne dit pas tout ça aux membres du jury, ce n'est pas l'objet de cette audition, on revient à Tokyo à Kyoto au Japon et au gaz, on dit que bien sûr on n'a pas choisi le gaz pour rien, on prend un air entendu, on rappelle que le sarin a été utilisé dans des contextes de guerre, en Syrie contre les populations civiles, c'est l'arme invisible par excellence, les membres du jury acquiescent, on tient le projet, on a tous les fils en main, on sait exactement ce qu'on cherche, comment et pourquoi, on a des arguments de poids, on intitule le projet *Une terreur invisible*, le dossier est retenu, le départ confirmé, on bloque des dates, on remplit des papiers, des formulaires, des autorisations, on prend des assurances diverses, on signe des attestations sur l'honneur, on nettoie son appartement de fond en comble, on vide des tiroirs, on laisse de la place pour d'autres, on quitte Paris en toute confiance, avec une liste de personnes à contacter, des témoins à rencontrer, des relations et des adresses à exploiter, et dès l'instant où l'on pose le pied sur le sol japonais, tout se dérobe.

J'aimerais bien vous aider, mais je ne vois pas comment. Parce que moi je n'habitais pas ici, je n'ai connu les événements que par les images de la télé qui est restée allumée toute la journée et aussi le lendemain. Ce que je peux vous raconter, ce sont des choses que j'ai vues et entendues sur l'écran, tout le monde était très choqué mais je n'étais pas vraiment concerné, aucun membre de ma famille ne vivait à Tokyo et à l'époque j'étais petit, j'étais jeune. Moi j'ai été jeune il y a longtemps.

On vient de s'installer dans un studio sur les hauteurs de la ville. On a été surprise de découvrir que la baie vitrée du logement qu'on va occuper pendant quelques mois ne donne sur aucune vue. Elle est collée à une muraille de pierre, pas très haute mais abrupte, orientée plein est. Presque en même temps qu'on découvre cette drôle de conception de la vue, on constate que dans le même immeuble mais de l'autre côté, plein ouest, il y a une magnifique terrasse d'où le regard peut embrasser un panorama immense. On spécule sur les raisons d'un tel choix architectural, sans doute une manière de favoriser la production d'images intérieures, d'éviter la distraction, de repousser le divertissement qu'un tel spectacle pourrait offrir. Comme on a une fâcheuse tendance à la claustrophobie, on regarde avec anxiété la paroi rocheuse devant soi et on s'imagine dans une grotte profonde dont on devrait gratter à mains nues la surface pour espérer un jour revoir la lumière. On est dans d'assez mauvaises dispositions malgré la beauté des lieux. On en oublierait presque le témoin, confortablement assis dans un joli canapé qui parle d'une voix heurtée et douce.

Je ne sais pas trop quoi vous dire parce que ce jour-là je n'étais pas là.

Dès l'aéroport, on a senti ce petit pincement qu'on connaît bien, cet agacement, cette agitation déplacée. On a déjà éprouvé ça ailleurs, dans d'autres pays. Pour d'autres raisons. Ou plutôt pour les mêmes raisons. Une raison culturelle. Ou historique. La grande histoire des sociétés polies. Des sociétés calmes. De celles où tout le monde est bien élevé. On est allée au guichet pour réserver un taxi et là un homme en uniforme a levé une main gantée d'un blanc immaculé et a prononcé une phrase incompréhensible assortie d'un geste impérieux. C'est sur cette chaise-là qu'il fallait s'asseoir. Et quand on s'est levée pour se dégourdir les jambes, il a pointé l'index en direction de la chaise, se rasseoir était l'impératif signifié par ce geste. On avait déjà l'envie quasi irrépressible (mais réprimée) de n'accorder à cette injonction muette qu'une attention limitée : les ordres sont faits pour être enfreints, voilà le contexte.

Je veux bien répondre à toutes vos questions mais à vrai dire j'ai tout oublié, j'ai un peu honte quand j'y pense, un événement aussi traumatique n'a laissé en moi aucune trace.

Le long de la route qui reliait l'aéroport à la ville on a découvert qu'il était impossible de contempler le paysage. On ne peut rien contempler à travers les vitres fumées d'un van, on ne peut que soupçonner la vitre de transformer les couleurs, ça gâche le plaisir. Sans compter que tout le long de la voie rapide un mur antibruit isolait les habitations du défilé incessant des voitures. Les remparts se succédaient presque sans discontinuer sur des centaines de kilomètres le long de la bande d'arrêt d'urgence et bouchaient la vue. Dans l'état semi-comateux où l'on se trouvait, regarder par la vitre passager consistait donc à suivre les alternances hypnotiques de matériaux, métal strié, lisse, blanc crème ou gris. Ni graffiti, ni dessin, ni inscription, ni slogan ne rompaient la tristesse morne du trajet avalé à la vitesse régulière de 90 km/h par les roues du véhicule où l'on somnolait. Tout en reconnaissant que cela devait favoriser la vie des riverains on ne pouvait s'empêcher de blâmer des ingénieurs qui n'avaient pas pensé à la monotonie des déplacements le long de tuyaux routiers sans aucun dégagement, aucune perspective. Tout est question de point de vue.

Je ne me souviens pas du jour exactement ni de ce que je faisais, mes collègues et moi on s'est rués sur la télévision parce qu'à l'époque il n'y avait pas internet et sur le coup je n'ai même pas pensé à appeler mes proches, j'ai juste regardé les images tourner en boucle sur les chaînes d'info.

La première fois qu'on a passé la porte de l'immeuble en béton brut où l'on allait résider, un insecte qu'on n'avait jamais vu, aux proportions qu'on a jugées colossales, grimpait lentement le long de la paroi qui permettait d'accéder aux étages. On l'a observé avec stupeur avant d'entrer dans l'ascenseur, de vérifier qu'aucune autre bête de ce type n'avait élu domicile dans l'habitacle, de presser le bouton indiquant l'étage d'accueil et d'entendre avec soulagement le barrissement des portes automatiques se refermant sur cette vision troublante. La présence de l'animal venait ternir ou contredire l'aspect lisse et froid de l'architecture du bâtiment, rappelant silencieusement les dangers inhérents à l'installation humaine sous les latitudes tropicales. On a appris ensuite qu'il s'agissait d'une scolopendre dont la morsure peut être mortelle, du moins selon le gérant de la résidence. Il a insisté pour qu'on n'ouvre jamais les fenêtres, qu'on badigeonne toutes les plinthes et encadrements de portes d'un produit toxique, qu'on vérifie chaque soir la bonde de la salle de bains par où les scolopendres ont l'habitude, comme les cafards, d'entrer dans les logements, attirés par l'humidité et les restes de nourriture. La mort, sous la forme d'un corps sombre aux pattes multiples à la fois agile, rapide et apparemment stoïque voire inerte, rôdait partout et on était tenue de lutter contre ses possibles incursions dans les espaces de vie humaine. Toute présence suspecte serait imputée à une négligence et toute négligence pouvait conduire l'un ou l'autre des résidents à l'hôpital ou à la morgue, on était prévenue.

La seule image qui me reste, c'est celle d'un wagon presque vide dans lequel un passager debout tient un parapluie pointu qu'il utilise pour percer une poche en plastique contenant le gaz létal. Je ne sais même pas si cette image vient de moi ou si je l'ai vue sur un écran.

On est sortie plusieurs fois sur le palier en pleine nuit pour écouter le barrissement caractéristique de l'ascenseur qui montait et descendait incessamment comme un animal en cage. On a parcouru les escaliers de haut en bas et de bas en haut grâce aux lumières glauques diffusées par des blocs de sécurité électriques qui, dans un pays régulièrement ravagé par les typhons et les séismes, assurent le repérage des sorties de secours en cas de coupure générale. Mais malgré l'attention inquiète qu'on a mise dans cette visite minutieuse et légèrement paranoïde, rien n'a permis de relier les mouvements verticaux pendulaires et fantomatiques de la cabine le long de la trémie à la moindre présence nocturne.

Ce jour-là, je n'ai rien changé à mes habitudes, de toute façon nous vivons en contact permanent avec la catastrophe.

On a attendu une femme qui devait venir avec l'une de ses amies pour raconter l'histoire d'une autre femme qui elle-même connaissait un homme qui avait lui-même rencontré une jeune fille dont la mère avait été victime de l'attentat au gaz sarin. C'est du moins ce qu'on a cru comprendre. Quand on a ouvert la porte, deux personnes en costume traditionnel se sont inclinées respectueusement et se sont précipitées sans qu'on les y ait invitées dans tous les recoins de l'appartement, toilettes, salle de bains, cuisine, ont monté quatre à quatre l'escalier pentu qui menait à la chambre et une fois l'ensemble des lieux inspectés, sont revenues dans le salon, ont poussé un soupir de soulagement, comme si après avoir vérifié qu'aucun micro n'avait été posé elles pouvaient s'abandonner en toute quiétude à leur interlocutrice. Elles ont alors sorti un attirail de tasses et de petites cuillers en bois pour préparer le thé, ce qui les a éloignées définitivement des attentats de Tokyo et des raisons pour lesquelles on leur avait proposé de venir.

J'aurais vraiment aimé vous parler du gaz sarin, mais ça ne sera pas possible parce que le spécialiste que je pensais vous présenter habite dans le nord du Japon et finalement il ne pourra pas participer.

On essaye d'entrer en relation plus personnelle avec les témoins qu'on sollicite, de repérer d'infimes variations dans leurs voix, leurs postures, leurs costumes, leurs mots, de déjouer le cliché. L'une des méthodes qu'on emploie consiste à leur demander de choisir le lieu de la rencontre qu'on imagine doux, confortable et suffisamment accueillant pour recevoir leurs paroles incertaines, bredouillantes, hésitantes ou rompues. C'est ainsi qu'on se retrouve, un jour de semaine aux heures de pointe, dans un café international extraordinairement bruyant, animé, touristique, à attendre quelqu'un qui arrive avec trois quarts d'heure de retard. Le témoin se confond en excuses, sa très vieille mère avait besoin de son aide, elle se sentait mal et il a dû l'amener à l'hôpital où elle vient de rendre son dernier soupir. On est tellement désarçonnée par cet imparable motif énoncé au milieu d'une intense agitation générale que les questions qu'on avait prévues gèlent instantanément et forment de gros glaçons qu'on n'arrive ni à sucer ni à cracher. On est en pleine déconfiture.

Moi en 1995, je n'étais pas né, et personne dans les premières années de ma vie ne m'a parlé du gaz sarin, ce qui finalement est assez logique.

Pour soigner une naissante neurasthénie, faire bouger le cadre et la vue bouchée qu'on a de la porte-fenêtre, on escalade l'espèce de muraille qui sépare l'appartement du sommet de la colline. Rares sont ceux qui gravissent cet obstacle et essayent de passer de l'autre côté, ou alors ils le font sans rien en dire. En haut, on découvre que derrière cette muraille se profilent les contours d'autres murailles sous forme de courbes de plus en plus lointaines dont les contours verts ou bleutés se détachent sur le fond blanc de la fournaise. Aucun sentier ne permet de serpenter entre ces collines touffues où sans doute vivent des milliers de scolopendres géantes que les hôtes humains ont pour charge de tenir à distance et de faire fuir.

On finit par trouver un sentier qui permet de sinuer de crête en crête. Sur l'une d'elles, dont le flanc est intégralement dénudé, un immense chantier de feux d'artifice et de lanternes en papier est en cours d'installation. On essaye de questionner l'un des ouvriers sur l'usage de ces constructions apparemment éphémères mais, trop affairé ou méfiant, il ne répond pas aux appels qu'on lui adresse. On apprend au retour que le 15 août qui signe la dernière journée de la fête O-bon, sur toutes les éminences déboisées qui entourent la ville, d'immenses idéogrammes en papier seront enflammés pour que les morts provisoirement présents depuis plusieurs jours dans les familles aient suffisamment de lumière pour s'orienter vers leurs dernières demeures. On demande où sont les maisons des morts mais on n'obtient qu'un geste vague désignant le ciel, les nuages, la lune, les étoiles, et tous les satellites et objets d'origine humaine qui sillonnent en tous sens l'espace interstellaire dont on aurait aimé qu'il ne soit habité que par d'inoffensives âmes défuntes.

À l'époque, j'étais jeune, j'étais teinte en blonde, les trains étaient bondés, j'ai bien senti qu'il y avait quelque chose d'anormal mais ça n'a pas perturbé le cours de ma journée.

On se poste régulièrement la nuit sur la terrasse ouest de l'immeuble pour profiter de la fraîcheur relative et pour regarder la Voie lactée dans l'espoir de repérer sur le tissu tendu de clous scintillants les taches qui marqueraient les zones spécifiques où les morts doivent se rendre après leur séjour provisoire en compagnie de leurs proches. Mais les maisons que les défunts sont censés rejoindre à la date du 15 août restent invisibles. Afin de noyer un sentiment d'échec et de découragement qui commence à grandir, on décide de changer d'élément et plutôt que de passer des heures le nez en l'air on met la tête sous l'eau. Des après-midi entières, on sillonne le bassin d'une piscine olympique où, grâce à des lunettes de natation, on peut voir non seulement les nombrils des nageurs mais aussi les pellicules de peau ou pansements qu'ils perdent à mesure comme s'ils venaient spécialement en ces lieux pour muer, la baignade prolongée dans le chlore n'ayant peut-être d'autre but que de leur assurer une discrète métamorphose. Après s'être acharnée au crawl, on rentre, épuisée, et dès qu'on s'assoupit on fait le même cauchemar : on arrive devant la piscine, on rejoint le vestiaire, on se déshabille, on enfile le bonnet de bain, et après avoir parcouru le couloir en coude qui débouche sur le bassin on voit, sur toute sa longueur, des corps inertes flottant sur le ventre. Le maître-nageur ne semble pas ébranlé par cette scène et il reste tranquillement assis sur son siège surélevé, le sifflet autour du cou, un vague sourire aux lèvres, presque aussi absent que les baigneurs dont on ne sait s'ils font tous ensemble un exercice de planche en apnée ou s'ils sont morts. Après plusieurs semaines d'intense activité physique et psychique en eaux troubles, et pour éviter ce rêve récurrent, on renonce à la piscine.

C'était il y a si longtemps que j'ai gardé très peu de traces de l'événement.

On devrait être contente. Les traces sont effectivement invisibles. Et elles ont été complètement effacées. Mais plutôt que d'accepter l'oubli, on ne cesse d'observer, de se pencher, de chercher toutes sortes de stigmates et, quand ils apparaissent au détour d'une phrase, d'un chemin, au sol, dans le ciel, dans une expression ou un mot, sur les parois d'un immeuble ou au fond d'un bassin désinfecté à l'eau de javel, on les rejette. On est pétrie de peur et de soupçon.

À l'époque, j'allais partout où il y avait du monde, je n'imaginais pas qu'il puisse y avoir un risque, je ne cherchais ni à me défendre, ni à m'isoler.

Au lieu de s'en prendre à soi-même, on s'en prend à ses interlocuteurs. On est exaspérée par ces personnes serviables et avenantes qui veulent désespérément faire plaisir sans y parvenir. On se dit qu'elles cachent quelque chose. On les incrimine. On incrimine le pays et ses habitants, leur obsession des convenances, leur effroi à l'idée d'énoncer quelque chose qui les mettrait à l'écart du groupe ou qui les exposerait en tant qu'individu. Tous ceux qu'on rencontre ont cette qualité-là, indéfinissable, ils sont tous quelqu'un. Mais qui ?

Je suis née après la guerre et j'ai pensé que la vie allait être très paisible mais je me suis trompée.

On est submergée par sa propre colère, une colère incompréhensible ou du moins excessive. Pourquoi est-on venue enquêter, vingt-cinq ans après les faits, et à plus de neuf mille kilomètres de la France, sur les attentats au gaz sarin ?

Pour parler franchement, je n'ai aucun souvenir précis du jour des attentats et c'est même bizarre pour un événement qui a été si important.

On ne sait pas si l'uniformisation des récits relève d'un mensonge collectif consenti, d'une anesthésie involontaire, de l'accession à l'indifférence, d'une forme de résilience (comme on dit). Peut-être finalement que, comme l'affirme le proverbe, le temps fait bien les choses, retissant lentement et sûrement ce qui a été déchiré jusqu'à faire disparaître les coutures et les cicatrices. Peut-être que cette guérison-là est inadmissible. Peut-être qu'on ne peut pas supporter que les gens soient guéris.

J'ai continué à travailler avec la télé allumée juste au-dessus du bureau. J'avais coupé le son. Je voyais les images de gens allongés par dizaines sur les trottoirs mais à part ça rien de particulier, la journée s'est déroulée exactement comme d'habitude.

On rumine le *à part ça*. Tout est question de point de vue, c'est ce qu'on se répète. Mais malgré cette tentative d'auto-persuasion, on pressent, à la minute où l'expression est prononcée, *à part ça*, que quelque chose ne va pas dans le royaume d'Akihito le dernier empereur, ou dans le lien qu'on entretient avec lui, ou dans le sujet qu'on s'est fixé, la terreur invisible, ou dans les attentes qu'on a, ou dans la place disproportionnée qu'on accorde au souvenir et à l'oubli, on se sent aspirée par un trou noir, dense, puissant, impénétrable, on est secouée comme le linge sale dans la machine à laver, on n'a aucune idée de la manière de se sortir de cet enchaînement de fiascos, de ce maelström d'insatisfaction, et on comprend qu'il va falloir batailler ferme pour accepter la ville et peut-être même le pays et peut-être même ce qu'on y fait et ce pour quoi on l'a choisi.

Vous savez, l'incident a eu lieu en mars, c'était juste avant la rentrée universitaire, donc moi, je devais sûrement être en vacances assez loin de Tokyo, ça ne m'a pas touché.

On se dit qu'il y a un problème de transcription. Que si on parle des attentats de Tokyo en utilisant le terme d'*incident*, c'est que quelque chose est décidément intraduisible, qu'il faut trouver un moyen de passer d'une langue à une autre et d'une culture à une autre. On est si habituée à parler en son propre nom, si encline à entrer dans le débat et dans la controverse qu'on est tout à fait inadéquate au pays du Soleil-Levant, on a besoin de discussions, d'analyses et de disputes plus directes, plus intimes, de prises de position plus personnelles et plus tranchées. On se demande, comme si on était en exil, on se demande comment on fait pour s'adapter. Ce que ça exige de soi. On se dit qu'au lieu de se braquer et de tout rejeter en bloc, on va prendre un peu de recul, s'immiscer patiemment dans le pays, s'y faufiler, abandonner momentanément les attentats du métro de Tokyo, 1995, la secte Aum qui a perpétré ce crime, l'usage du gaz sarin pour l'organiser, le récent procès de certains membres de la secte, la condamnation à mort et l'exécution toute récente de treize d'entre eux, on va cesser d'espérer, de se crisper, d'être déçue, il n'y a qu'en acceptant la place de l'autre qu'on a une chance peut-être d'accéder à ce qui vibre sous sa peau, dans sa bouche, derrière son visage et sous sa voix, d'entendre ce qui se dit à demi-mot, on va tenter autre chose, emprunter d'autres voies, écouter avec d'autres oreilles et voir avec d'autres yeux.

« Mais nous ne sommes pas certains d'avoir bien compris ce que tu n'as pas dit. »

Noémi Lefebvre, *Parle*

Kubo est arrivé dans le café où il m'avait donné rendez-vous avec une dizaine de minutes de retard. Cela m'a surprise, je croyais, sans doute une idée préconçue, que les Japonais étaient toujours extrêmement ponctuels. C'était un homme d'une quarantaine d'années, au visage rond et avenant. J'ai tout de suite pensé qu'au lieu de me crisper, et de poser des questions qui ne trouveraient pas de réponse, une certaine nonchalance (bien qu'un peu simulée) offrirait à mon interlocuteur un espace de liberté pour parler de tout et de rien jusqu'à ce que sorte quelque chose d'étrange, d'incongru, un grain de sable à partir duquel reconstituer tout l'édifice de la mémoire. Mais dès qu'il s'est assis en face de moi, Kubo a tenu à m'expliquer pourquoi il avait accepté de me rencontrer de sorte que je n'ai eu qu'à l'écouter sans rien dire.

À l'époque des attentats, Kubo était étudiant dans la banlieue de Tokyo et le monde touchait à sa fin. Les prémices s'étaient multipliées, aucun doute ne subsistait sur ce point. Même la ville de Kobé, pourtant loin des habituelles failles sismiques, avait souffert quelques mois auparavant d'un terrible tremblement de terre. Ç'a été une période trouble, a-t-il dit, sans que je puisse démêler s'il parlait de lui ou s'il voulait évoquer la situation du Japon à cette époque.

J'étais venu faire mes études à Tokyo mais comme la plupart des étudiants j'étais originaire d'une autre région, et je me sentais très seul, tous les étudiants étaient très seuls, d'autant que nous savions que le monde où nos parents avaient vécu était sur le point de disparaître.

Kubo avait l'air de se chercher des excuses, de répondre à des objections que personne ne lui faisait.

Les membres de la secte Aum venaient dans les établissements et nous enjoignaient de les suivre. Les cadres de la secte, ceux qui ont préparé les attentats, étaient souvent des chercheurs en science, en chimie, en biologie et en mathématiques, des étudiants brillants qui, sachant que la fin du Japon approchait, avaient perdu toute joie et toute conviction. J'étais comme eux. Je n'ai pas sympathisé mais j'ai eu l'impression de les comprendre. Comme eux j'ai perdu à vingt ans ma joie et ma conviction.

Les avez-vous retrouvées ? ai-je demandé naïvement, comme si je voulais le sortir de l'espèce de mélancolie dont ses yeux s'étaient teintés.

Il a souri sans répondre.

Nous avons continué à parler mais le lien était rompu soit par ma faute, soit parce qu'il avait épuisé en quelques phrases tout l'élan qui le portait à se confier. Je n'ai rien su de plus sur ce que Kubo a vécu exactement quand il avait vingt ans, ni comment ces jeunes hommes déterminés, semant la mort dans des rames de métro, ont pu l'inspirer, le rassurer, soigner sa solitude ou la magnifier. En revanche, j'ai appris qu'il n'avait jamais quitté le lieu où son attirance pour la secte s'était exprimée, puisqu'il était devenu chercheur dans l'université où il avait étudié et vu pour la première fois les adeptes d'Aum. Heureusement pour lui, il n'avait pas embrassé la carrière scientifique, avait préféré la littérature, ses propositions incertaines et interprétations jamais stabilisées.

Parce qu'il parlait parfaitement le français, ne semblait avoir ni femme ni enfant, et m'a avoué aimer par-dessus tout le blues, Kubo apparaissait comme un marginal aux yeux de la société japonaise. Mais ni la certitude que la fin du monde était imminente ni l'extrême solitude dans laquelle il semblait se tenir n'ont eu raison de sa résistance. À le voir si jovial, souriant et détendu, j'avais du mal à l'imaginer basculant ou ayant basculé dans le terrorisme. À moins qu'il n'ait caché parfaitement son jeu comme le font paraît-il les vrais professionnels du crime.

Sais-tu précisément ce que tu caches ? Ce que tu dois cacher ? Ce que tu ne dois montrer sous aucun prétexte ? Ne risques-tu pas, en le montrant, de découvrir que ton secret n'est pas aussi extraordinaire et terrible que tu le pensais ? Est-ce pour qu'il reste toujours aussi encombrant et douloureux que tu continues à le cacher ?

Ou alors as-tu peur, en l'exposant, de t'effondrer ?

Je pensais sillonner la ville en tous sens, j'imaginais que ma nervosité trouverait là un exutoire, et je me suis rendu compte que, malgré mes résolutions, voir avec d'autres yeux, entendre avec d'autres oreilles, me déplacer et m'imprégner sans discernement et sans tri afin de calmer cette drôle d'exaltation négative qui s'était emparée de moi, je restais la plupart du temps enfermée dans mon studio à regarder par la porte-fenêtre l'hypothétique invasion des scolopendres géantes. En dehors de mes rencontres avec les témoins qui m'obligeaient à sortir de chez moi, j'avais tendance à arpenter mon logement avec fébrilité, à inspecter chaque recoin, à déplacer les meubles qui auraient pu masquer la présence d'un intrus aux mille pattes velues et aux antennes télescopiques. Après avoir pris les recommandations du gérant avec une certaine distance ironique, je les appliquais à la lettre : je badigeonnais les produits conseillés le long des plinthes et à l'intersection entre les fenêtres et les murs, je bouchais systématiquement les évacuations dans la salle d'eau comme si cela pouvait me protéger d'un danger qui, pour l'instant, avait un nom mais aucun visage, si tant est que les scolopendres aient un visage, ce que j'avais bien du mal à concevoir. Je voulais à tout prix éviter ce face-à-face et j'étais prête à des usages non raisonnés de toutes sortes d'insecticides pour m'en prémunir. Je respectais donc scrupuleusement les procédures répertoriées dans une brochure que j'avais trouvée à l'intérieur d'un tiroir, aussi banale que les petites bibles bleues glissées dans les commodes des hôtels européens. Une fois les consignes appliquées, je me sentais momentanément rassurée. Mais les heures passant, j'avais à nouveau un doute sur l'efficacité de mon intervention et je ne pouvais m'empêcher d'aller vérifier que les couvercles recouvraient les bondes, que les joints n'avaient pas été attaqués, que les vides sanitaires n'accueillaient pas d'hôtes indésirables, et ces vérifications incessantes pouvaient prendre beaucoup de temps, à vrai dire presque toute la journée. Je prétextais la chaleur étouffante pour stagner sous le ventilateur jusqu'à la nuit mais je n'étais pas sûre que les scolopendres soient la seule raison de cet état d'inquiétude permanent. Je me doutais que d'autres choses, non encore élucidées, me tracassaient mais quoi, impossible de le savoir.

Malgré l'étrange état dans lequel j'étais plongée, j'ai accepté de rencontrer Oshiro dans un minuscule et chaleureux salon de thé où l'on servait des pâtisseries françaises. Il avait été correspondant de guerre dans divers pays du monde avant de revenir au Japon et de tenir la chronique économique de son journal. Visiblement les échanges boursiers l'intéressaient moins que la politique internationale, ses soubresauts, violences, guerres civiles et dangers divers. Comme il me l'a dit dans son français élégant et euphémistique, les situations qu'il couvrait, au Timor oriental, en Bosnie, à Berlin-Est ou pendant la guerre du Golfe, n'étaient pas très paisibles. Étrangement, malgré la négation qu'il employait, je ne pouvais m'empêcher, à travers ce qualificatif, *paisible*, d'imaginer des cultures ondulant doucement sous l'effet d'une brise printanière et des abeilles butinant des boutons-d'or et des pivoines. Il m'a expliqué qu'il avait été souvent confronté dans son métier à la violence terroriste et que, lors des attaques au gaz sarin, qui avaient eu lieu en même temps dans plusieurs stations de métro très fréquentées de Tokyo, il a très vite compris qu'il s'agissait d'un crime de cet ordre. Les autres journalistes, eux, étaient dubitatifs et pensaient que le terrorisme ne pouvait prendre forme et racine qu'en Europe ou au Proche-Orient.

C'était difficile de les convaincre, m'a-t-il dit. J'avais beau leur expliquer que ce type d'action, avec tous ces corps en proie à l'asphyxie alignés sur les trottoirs de Tokyo, relevait du meurtre organisé, mes collègues m'opposaient l'idée qu'il n'y avait aucune cause, aucun mobile, que les meurtriers étaient des désaxés qui avaient agi sans raison. Le mot *attentat* de toute façon n'existait pas en japonais, on lui préférait le mot plus inoffensif d'*événement* ou d'*incident*. L'attentat est apparu pour la première fois dans la presse internationale et dans le courrier des lecteurs, avant d'être finalement importé et traduit, avec quinze jours de retard, dans les articles des journalistes japonais. La résistance à l'utilisation de ce mot, *Tero*, テロ, considéré comme étranger à la culture et à l'histoire japonaises, donne une idée de la stupeur et du déni qui ont suivi les attentats du 20 mars 1995. Ce jour-là, avec plus de cinq mille blessés et treize tués, le Japon a subi sa seconde défaite, après la Seconde Guerre mondiale, m'a dit Oshiro.

Même si comparer terrorisme local et guerre mondiale, surtout pour un pays qui avait connu les effets dévastateurs de la bombe atomique, me paraissait exagéré, j'ai supposé qu'Oshiro voulait insister sur le fait que les commanditaires de l'attentat, tout en portant des tuniques blanches, en chantant des chansons stupides à la télévision, en participant à des talk-shows naïfs et en se présentant au public dans la posture de yogis vaguement illuminés, avaient à leur disposition des armes puissantes et efficaces, comme cela a été démontré par l'usage d'un gaz similaire pour bombarder les populations civiles en Syrie. Asahara et les principaux dignitaires de la secte qu'il avait fondée avaient des objectifs stratégiques fous mais réels. Il s'agissait de déstabiliser les institutions par l'usage d'une violence gratuite et arbitraire.

Oshiro se concentrait sur la lecture politique des attentats, à la différence de plusieurs de mes interlocuteurs, pour qui cette période charnière, trouble, difficile, était plutôt associée à des faits divers spectaculaires et sanglants mettant en scène des déséquilibrés – un collégien qui, à Kobé en 1997, assassine plusieurs de ses camarades au marteau et au couteau, un jeune homme de vingt-cinq ans qui jette sa camionnette sur un passage piéton à Tokyo en 2008 puis sort de son véhicule et poignarde dix-huit personnes, un employé sans histoire qui après avoir averti par lettre qu'il faut euthanasier les handicapés pour revitaliser l'économie et éviter une Troisième Guerre mondiale passe à l'acte en 2016 et poignarde quarante-cinq handicapés dans un institut de Sagamihara. Ces actes individuels ne mettaient-ils pas en lumière ce qu'une société sacrifie pour continuer à fonctionner à peu près « normalement » ? Est-ce que cette norme-là, construite avec ferveur et volontarisme après la défaite de 1945, n'était pas trop écrasante pour tout le monde ? Que restait-il des marginalités, des diversités, des différences et des débats ? Fragilisaient-ils ou renforçaient-ils la cohésion de la nation ?

J'étais secouée par ces questions un peu trop générales et à force de les pétrir dans ma tête, j'ai perdu le contact avec Oshiro. Devant moi, à la place de cet homme sérieux et souriant, des scènes de panique se déroulaient, des gens âgés, handicapés ou malades essayaient de courir en tous sens, leurs bouches immensément ouvertes sur un cri inaudible se figeaient comme s'ils étaient tous des êtres de papier, peints en deux dimensions sur une estampe et que je les observais sans pouvoir leur venir en aide.

Heureusement, Oshiro n'avait aucune idée des images qui s'interposaient entre lui et moi. Il suivait son idée sans se déprendre de son amabilité. Selon lui, le tremblement de terre de 2011 et ses conséquences à Fukushima constituaient la troisième défaite du Japon et peut-être la dernière avant la fin. La société japonaise, en plein déclin, allait bientôt disparaître. Dans ce contexte, le débat sur l'article 9 de la

Constitution, qui exigeait du Japon, suite à la défaite de 45, qu'il ne puisse jamais avoir une armée autre qu'une armée défensive, suscitait ses railleries.

On veut changer cet article pour faire de l'armée japonaise une armée d'attaque. Je veux bien et je comprends aussi ceux qui luttent contre la suppression de cet article. Mais en réalité, même en abolissant l'article, il sera impossible de faire la guerre. Pour ça et pour supporter la tension économique, psychologique et matérielle qu'elle entraînerait, il faudrait des jeunes, et ici il n'y en a pas. La moitié de la population a plus de cinquante ans. Nous n'avons pas l'énergie suffisante pour nous lancer dans des offensives militaires. Chez nous, il n'y a que des vieux.

Je n'ai pas réussi à savoir si cette phrase faisait état d'un simple constat, d'un regret, ou d'un soulagement. La paix est-elle la conséquence d'un manque de force et d'une déchéance collective ou la marque d'une société en bonne santé ? Les vieux sont-ils des faibles ou des sages ? Monsieur Oshiro ne m'a pas aidée à lever l'énigme.

Je me suis séparée de lui sans parvenir à éloigner les visions parasites qui se collaient inopinément à son discours, faites de bouches déformées par la stupéfaction, de survivants cherchant désespérément à fuir, de corps grimaçants aux gestes expressifs et dramatiques. Ces visions superposées aux analyses de monsieur Oshiro ont en tout cas changé mon appréhension des habitants de la ville, surtout de ces personnes voûtées, marchant à petits pas et s'appuyant sur des cannes qui détonnent dans les métropoles agitées, et qui, presque invisibles, petites et fripées, adoptent au cœur de la cité un autre rythme, comme si elles proposaient à bas bruit un contre-pouvoir minuscule et ignoré. Au lieu de m'exaspérer de leur présence et de la gêne occasionnée par leur manière inconsciente d'obstruer les passages et de bloquer le flux continu de la foule, je me suis tenue derrière elles, j'ai suivi leurs pas, prête à les retenir au cas où elles trébucheraient ou à leur indiquer le chemin si leur vue trop basse les menait dans une impasse. Je me suis surprise à éprouver une sorte de tendresse à leur égard. Et je me suis demandé si on ne choisissait pas de vivre en milieu urbain pour échapper à cette fragilité, pour repousser le miroir de notre faiblesse tendu par ces corps fluets comme des brindilles et émouvants comme des feuilles dans le vent, pour ignorer encore un peu cette lenteur à venir, qui est l'une des marques du grand âge.

As-tu déjà sacrifié quelque chose pour sauver quelqu'un ou simplement pour l'aider ? Si oui, en as-tu éprouvé de la fierté ? Du remords ? Ou alors n'as-tu jamais rien sacrifié ? Dans ce dernier cas, estimes-tu que cela manifeste plutôt ta force ? Ou ta faiblesse ?

Ozu, un homme d'une petite soixantaine d'années, avait dans les yeux une pointe moqueuse que je n'arrivais pas à cerner, l'air d'être détaché de tout et de regarder d'un peu loin voire d'un peu haut ses contemporains. C'était un homme de belle prestance, qui parlait avec préciosité, mais dégageait une forme de froideur destinée sans doute à empêcher ses interlocuteurs de pénétrer dans son intimité. Plutôt que de me livrer quelque chose de personnel, il m'a raconté une nouvelle qu'il avait commencé à écrire et qui portait sur une société assez proche de la sienne dans laquelle il deviendrait impossible de mourir, et donc de tuer, sauf en trouvant un proche susceptible de se porter garant de cette mort et de l'administrer.

Nous vivons déjà si vieux, a-t-il dit, surtout ici au Japon. Nous mangeons des aliments sains, et il n'y a que des vieillards dans les salles de sport. Oui, mais pourquoi ? Imaginez que nous vivions jusqu'à cent cinquante ans. À partir de quand, dans ce cas, quitterions-nous l'enfance ? À quel âge pourrions-nous estimer que nous sommes devenus adultes ? Dans la société que je veux décrire, les hommes, frustrés par l'impossibilité de mourir, décident de se réunir les soirs pour simuler la fin en jouant à se tuer les uns les autres. C'est dans ce cadre que j'imagine un couple d'homosexuels dont l'un veut absolument disparaître et demande à l'autre, qui s'y refuse, d'être son garant. Nous avons tous besoin de mourir et tous besoin de tuer, a-t-il conclu, comme si c'était une évidence.

Je n'étais pas aussi sûre que lui de cette équivalence, bien que moi aussi je sois susceptible de me projeter dans une mort partagée, une mort que l'on donne ou que l'on reçoit avec amour et par amour, un geste ultime d'attachement fou. Je ne voyais pas pourquoi Ozu précisait que le couple au cœur de sa nouvelle était un couple homosexuel et ce que cette précision pouvait apporter à son projet. Était-ce un clin d'œil complice adressé à une femme écrivaine, moi, qui vivait manifestement avec une femme ? Ou une fausse vraie confidence ? Qui aurait pu dire si l'anxiété qu'Ozu cachait sous des dehors distants, cette terreur absolue de la déchéance physique et psychique qui transparaissait derrière ses moqueries, ne le conduirait pas, dans un avenir plus ou moins proche, à quitter sa femme pour un homme et à mettre fin à ses jours, histoire de rester alerte, intelligent, élégant et sarcastique jusqu'au dernier souffle ?

Peut-être que si j'avais été plus proche d'Ozu, prendre son discours à la légère comme son attitude m'encourageait à le faire m'aurait valu une condamnation pour non-assistance à personne en danger. Quant au drôle de lien qu'il établissait entre homosexualité et suicide, j'aurais aussi bien pu l'attribuer à une forme d'homophobie, à moins qu'il ne se soit agi plutôt d'un aveu déguisé en fiction.

Quand as-tu repéré les premières marques du changement, les preuves indiscutables, indélébiles et irréversibles que tu avais vieilli ? As-tu considéré que l'âge te délivrait de certaines obligations sociales, que tu pouvais enfin dire ce que tu avais retenu du temps de ta splendeur ? Qu'est-ce qui, de ces cinquante premières années de ta vie, aurait mérité d'être dit et ne l'avait pas été ? Et avais-tu été splendide ? Peut-on être splendide quand on a tant retenu ?

Avant notre rencontre, Keito m'avait écrit une lettre où il me proposait de me faire visiter le plus grand bidonville de tout le Japon, situé dans le quartier de Kamagasaki à Osaka. En cliquant sur les liens qu'il m'avait fait parvenir, j'avais pu découvrir une ville de plus de vingt-cinq mille sans-abri essentiellement regroupés dans un ancien bâtiment autrefois florissant et visiblement en déshérence, le Abenobashi Terminal Building. Les hommes qui erraient et vivaient dans cette ancienne gare, presque tous âgés, étaient les laissés-pour-compte de la grande crise ayant suivi la reddition du Japon. Ils étaient venus dans l'espoir de trouver du travail et, de guerre lasse, étaient restés là, traînant dans leurs déplacements fantomatiques de vieux caddies de supermarchés contenant leurs maigres effets.

Ballottée entre la curiosité que j'éprouvais pour un Japon que je n'avais aucune chance de découvrir par mes propres moyens et une certaine méfiance à l'égard d'un homme qui choisissait un lieu si pauvre pour une première prise de contact, j'avais hésité à accepter la proposition de Keito. Finalement, ne me sentant pas l'âme d'une voyeuse ethnographique ou économique, j'ai fini par décliner et nous nous sommes donné rendez-vous plus classiquement dans une des gares d'Osaka. À l'arrivée, j'ai cherché Keito pendant plus d'une heure dans un dédale d'immenses couloirs, de centres commerciaux géants, de salles d'attente bondées, ensemble souterrain gigantesque qui aurait pu former le décor idéal et le refuge parfait pour des humains survivant à une catastrophe climatique d'ampleur planétaire. J'en étais là de mes rêveries négatives quand mon portable a sonné. Keito, un homme grand et mince d'environ trente-cinq ans, s'est avancé vers moi et, au lieu de me saluer à distance, m'a serré la main. Il m'a proposé d'aller manger dans une des gargotes de l'immense dédale dans lequel j'errais depuis une bonne heure et malgré mon désir impérieux de rejoindre l'air libre, je n'ai pas osé lui opposer un nouveau refus.

Keito sirotait son énième verre de saké. J'avais bu moi aussi, sur son invitation, ce qui rendait mon écoute et mon attention pour le moins flottantes mais Keito, lui, n'accédait pas, comme moi, à des états altérés de la conscience. Il paraissait pensif et concentré.

Le japonais est une langue très compliquée, a-t-il dit comme s'il se parlait à lui-même, beaucoup plus compliquée que l'anglais. En particulier parce que le *je* japonais n'existe pas vraiment, on l'utilise très peu, même entre amis. Il existe bien un *je* mais on ne l'emploie que dans l'intimité, avec des proches, et ce mot n'existe pas pour les femmes, les femmes n'ont pas à leur disposition cet accès à l'intimité. Et ce qui rend la langue plus complexe encore, c'est qu'il n'y a pas de genre en japonais, il faut toujours être attentif au contexte, à l'atmosphère, au cadre dans lequel on est amené à s'exprimer avant de prendre la parole. Il s'agit de respecter l'harmonie entre les différentes personnes présentes et ce respect s'apprend tous les jours, à l'école, à la maison et au bureau. On doit rester à l'affût, on ne doit pas commettre d'erreur et rompre l'harmonie sociale sous peine d'être ostracisé. C'est pourquoi il est si fatigant, même pour un Japonais, de parler sa propre langue.

Jamais je n'aurais imaginé que la paix sociale et la concorde puissent exiger un travail aussi épuisant, une contrainte aussi permanente, un oubli de soi aussi profond et systématique, la nécessité de renoncer, par l'entremise d'une langue lisse et impénétrable comme un miroir, à toute individualité. Grâce à Keito, j'ai compris pourquoi la paix est un bien aussi précieux que fragile. Et pourquoi les sociétés en guerre et les hommes en guerre peuvent parfois rechercher la violente discorde, y trouver de quoi satisfaire certaines pulsions, la peur et la colère permettant de faire tomber bien des barrières et produisant, en même temps qu'une montée d'adrénaline, un sentiment de jouissance et de libération aussi rare que puissant.

Keito avait eu suffisamment confiance dans mon projet pour me faire connaître les démons de son pays. Les attentats au gaz sarin faisaient partie de ces démons, et la grande gare désaffectée où il avait voulu me conduire était elle aussi l'une des parts maudites du Japon d'aujourd'hui.

Je n'avais pas été assez attentive à son désir pour le saisir. Si j'avais accepté de l'accompagner, j'aurais sans doute vu des gens que Keito côtoyait ou voulait côtoyer et qu'il m'aurait montrés, non comme on montre des animaux de foire mais plutôt comme on présente à une inconnue la famille à laquelle on appartient sans oser le dire, la grande famille de ceux qui ont refusé le diktat de l'harmonie et qui, pour cette raison, ont payé le prix fort.

Il faudra que je revienne au Japon un jour pour visiter avec Keito le plus grand bidonville japonais, et pour lui marquer, par ce geste, ma reconnaissance.

Je cherchais à lutter contre mon obsession du ventilateur (expression détournée que j'employais pour désigner ma crainte maladive des insectes aux mille pattes). Dans ce but, j'ai poursuivi l'exercice consistant à choisir dans la rue ceux et celles qui avaient visiblement des difficultés à se déplacer et j'ai essayé de me calquer sur leurs pas. Cette contrainte, même si elle a retardé considérablement chacune de mes excursions hors de mon studio, m'a apporté une certaine sérénité, soit parce que la curiosité a besoin pour s'épanouir de freiner les vitesses excessives, soit que j'aie grâce à cette proximité avec des personnes fragiles éprouvé enfin les limites de la réussite japonaise et le sens moins collectif qu'individuel de l'obsession manifestée par certains de mes interlocuteurs pour le déclin et la déchéance, soit enfin que la faiblesse d'autrui offre un baume et un réconfort à ceux qui se sentent un peu moins faibles. Ma tension intérieure a été comme poncée et polie par l'obligation tranquille renvoyée par ces vieillards, obligation de se lever, d'aller au travail quand on ne peut bénéficier de la retraite, de faire des courses et de revenir chez soi, autant de petites choses réalisées modestement avec ténacité, être là étant un combat, chaque matin, que personne n'est tout à fait sûr de mener et encore moins de remporter.

Mais j'étais remuée par une telle inquiétude muette que cette accession à la lenteur ne pouvait pas suffire. Il me fallait autre chose et malgré la distraction produite par mes rencontres, j'étais sans cesse renvoyée à ce sentiment d'impuissance que j'avais associé, faute de mieux, à la lutte engagée contre d'éventuelles intrusions de scolopendres dans mon logement. Chaque fois que je rentrais chez moi, j'ouvrais la porte la gorge serrée, prête à apercevoir la bête honnie et crainte. Et mes entretiens ne m'offraient pas un dérivatif suffisamment fort, ils me laissaient sur ma faim, comme si au moment où j'allais enfin attraper le sens d'une phrase ou d'une hésitation, comprendre ce qui me reliait à l'autre et me maintenait à ses côtés, un détail sans importance m'éloignait définitivement du sens profond de ce qui avait été dit et m'interdisait d'y avoir accès.

Un jour, l'évier de la cuisine s'est bouché. Cet épisode domestique sans importance a relancé ma phobie des arthropodes. J'ai immédiatement imaginé qu'une famille de mille-pattes avait élu domicile dans les tuyaux d'évacuation. Tremblante, j'ai fixé un bouchon métallique sur le trou d'écoulement, ai condamné avec des chiffons le trop-plein dont la petite ouverture grillagée me narguait, ai quitté la pièce et n'y ai plus mis les pieds pendant vingt-quatre heures. J'ai mangé dans de petites gargotes de quartier. J'ai passé une très mauvaise nuit. Le lendemain, sur les conseils du gérant qui, pour une fois, ne semblait pas aussi pessimiste que moi, j'ai acheté une grosse ventouse et, munie de gants en plastique, je me suis dirigée vers la pièce incriminée. J'ai enlevé le bouchon placé sur la bonde. Aucune antenne de scolopendre ne s'est manifestée. J'ai ouvert le robinet et quand la vasque de l'évier a été presque pleine j'ai actionné avec vigueur la ventouse. Des débris divers, arêtes, filaments gris, ont coloré et souillé l'eau. Malgré ma répugnance je les ai récoltés et j'ai réitéré l'opération jusqu'à ce que remonte par le siphon ce que j'ai identifié comme un corps, le corps d'un être inconnu, ni scolopendre ni cafard mais sorte de ver, étoilé, brun et gluant, dont je n'ai jamais su s'il appartenait au règne animal, végétal ou minéral. Je me suis empressée de placer cet être indéfinissable dans un sac hermétique et j'ai descendu à toute vitesse les escaliers de l'immeuble. J'ai dévalé la colline et j'ai continué à courir, contredisant ainsi les exercices de lenteur auxquels je m'astreignais depuis plusieurs jours. À bout de souffle, je me suis arrêtée. Un petit macaque, sans doute attiré là par les détritus que charriait le canal tout proche, était assis sur la rive. Il contemplait le courant, immobile, la tête penchée en avant. Il s'est tourné vers moi. Ses yeux vifs, mobiles, perçants, ont fixé les miens pendant un temps qui m'a paru long. Je lui ai souri en guise d'excuse. J'ai eu la sensation qu'il me souriait en retour. Sans réfléchir, je lui ai tendu mon sac. Contre toute attente, il l'a pris, l'a tenu à bout de bras puis l'a serré contre sa poitrine avant de disparaître dans les herbes hautes. Je l'ai remercié intérieurement de m'avoir délestée d'un poids si lourd.

Akihiro, quadragénaire alerte et nerveux, a insisté pour me voir, sans doute parce qu'il avait besoin de raconter à une inconnue à quel point il se sentait coupable d'avoir, dans sa jeunesse, éprouvé une petite attirance pour la secte Aum. Dans les années 90, il avait suivi ses interventions, avait écouté et peut-être cru à ses discours sur la nécessité de changer un monde en voie de disparition et surtout avait lié une amitié forte avec trois jeunes garçons de son âge avec qui il faisait des expériences chimiques clandestines dans des locaux de son collège.

On pensait vraiment que le monde allait finir et l'attentat de mars 1995 en était en quelque sorte la preuve. Après l'attentat, je suis allé avec mes amis dans une salle de chimie et nous avons volé des produits. On formait une sorte de petite société secrète et un des membres du groupe, Sunchi, un garçon très pessimiste, a ensuite mis le poison qu'on avait fabriqué dans le déjeuner d'un étudiant. Heureusement rien n'est arrivé. On considérait Sunchi comme un nouvel Asahara, il a d'ailleurs été un peu terroriste, a été interné dans un hôpital psychiatrique, je n'ai plus eu aucun contact avec lui. Je me souviens très bien que juste avant le passage à l'an 2000, Sunchi et moi sommes montés sur la colline en face de chez lui et avons regardé le dernier coucher de soleil avant la fin du monde, on se disait qu'on voyait le ciel pour la dernière fois.

Quand as-tu compris que ton adolescence était achevée ? Voudrais-tu revenir en arrière, refaire, recommencer ? De ton passé, si tu le pouvais, que voudrais-tu changer ?

Akihiro ne m'a pas précisé ce qu'être *un peu terroriste* pouvait signifier. Il semblait soulagé de s'être livré. En relisant ce mot sur mon écran, *livré*, je me dis que je l'ai écrit en pensant sans doute inconsciemment aux forcenés qui après leur forfait finissent par se *livrer* à la police. Akihiro m'a dit qu'après cette période, la fin du monde annoncée ayant été visiblement retardée, il avait quitté le Japon pendant plusieurs années. À son retour, sa souffrance était telle qu'il ne voyait pas comment vivre dans son pays. Pour calmer cette douleur sans cause précise, il avait pratiqué la méditation, pratique qui, si elle semblait à la mode en Europe, était devenue suspecte au Japon depuis qu'Asahara et les membres de la secte meurtrière l'avaient largement diffusée. Akihiro, malgré l'inquiétude de ses proches, s'était retiré dans un temple où un moine lui avait enseigné la meilleure manière de ne penser à rien.

Je suis resté assis en lotus pendant deux semaines et j'ai pu, grâce à ça, explorer la sensation de ma présence. Nous sommes comme des ordinateurs en surchauffe, nous avons besoin de temps en temps d'éteindre pour pouvoir ensuite être là.

Akihiro, à la différence des autres témoins, ne m'avait donné rendez-vous nulle part, nous marchions presque au hasard dans les rues, pris dans l'entrelacs de la ville et sa pulsation. J'ai pensé que cette manière de bouger sans jamais s'arrêter contredisait la position de lotus dont il me vantait les mérites. Et je me suis dit que malgré les efforts que nous faisons tous pour ressembler un peu plus à ce que nous voudrions être, il y a en nous un moteur obscur, un bourdonnement ancien qui chaque fois que nous tentons de le soumettre, de le brider ou de l'éteindre, se rappelle à nous en murmurant derrière une porte dérobée, sous une trappe ou une fente du parquet. Le diable gît dans les détails.

Estimes-tu que tu as réussi ta vie ? Que tu l'as ratée ? Ces phrases, *j'ai réussi ma vie, je l'ai ratée*, te paraissent-elles absurdes ? Inopérantes ? Prématurées ? Arriveras-tu un jour à les prononcer ?

Petit à petit, grâce à un lent travail de ralentissement, de méditation, d'acceptation du vide, j'ai appris à entendre ce qui se murmure, ce qui s'échappe, ce qui, par-dessous, frémit. La torpeur humide de l'été japonais me tenait encore prisonnière mais j'acceptais un peu mieux de m'y étaler et presque de m'y vautrer. Quand, aux heures les moins chaudes de la journée, je quittais mon repaire pour rejoindre le centre-ville, je devais descendre une rue presque campagnarde avant de passer sous une arche supportant une ancienne voie ferrée. Un jour où j'étais moins préoccupée que d'habitude par le tourbillon des voix entendues et les questions incessantes qu'elles suscitaient en moi, j'ai levé presque machinalement la tête et j'ai vu, exactement sous la voûte, des araignées noires aux pattes longues et fines en train d'attendre, groupées, leur prochaine proie. Au lieu de poursuivre ma route, je suis remontée chez moi pour interroger le gérant de la résidence sur ces arachnides. Il m'a confirmé qu'il s'agissait de veuves noires comme leur aspect le laissait supposer. Très peu d'accidents, a-t-il ajouté avec un sourire d'excuse. J'ai d'abord pensé qu'il cherchait seulement à me rassurer mais vu l'attention qu'il portait par ailleurs aux scolopendres et aux modes de protection à déployer contre ces insectes, j'ai décidé de lui faire confiance et de considérer ces araignées, malgré leur taille, comme des bêtes inoffensives. Je suis donc redescendue par la petite rue serpentine et, au moment de passer sous l'arche où elles habitaient, j'ai seulement, sans aucune logique, cessé de respirer. Le rituel a eu l'avantage de m'offrir l'illusion que je ne courais aucun danger. Sans lui il m'aurait fallu faire un tel détour pour accéder au cœur de la ville que j'aurais peut-être renoncé définitivement à quitter ma colline. J'ai répété ce rituel à chaque passage sous ce porche, sans doute une manière d'associer ma présence vivante au souffle et, en le retenant, d'induire ces créatures en erreur en leur faisant croire ou en me faisant croire à moi-même que je n'étais pas là.

Arrives-tu à établir le lien entre les multiples personnes passées et présentes qui coexistent en toi ? Peux-tu les compter, les nommer, les distinguer, les classer ? Est-ce forcément la dernière dans le temps, celle que tu es ici et maintenant, dont tu te sens le plus proche ?

J'ai rencontré Yuri dans un café niché à l'intérieur d'un grand centre commercial. Le brouhaha était tel qu'il était bien difficile de nous entendre. J'étais censée m'entretenir avec lui des attentats au gaz sarin, mais il restait étonnamment taciturne. Quelle est votre relation avec les morts ? ai-je fini par lancer dans l'espoir de vaincre ses réticences ou de remuer en lui je ne sais quel souvenir enfoui. Contre toute attente, Yuri s'est penché vers moi comme si enfin cette question lui était adressée : ma sœur a toujours été déséquilibrée, et quand elle était jeune, elle voyait notre mère, a-t-il chuchoté. Heureusement depuis que nous sommes devenus adultes, elle va mieux ou alors elle n'en parle plus.

J'ai relu à plusieurs reprises cette phrase transcrite à partir de ma conversation avec Yuri, je l'ai ressassée. Toutes les phrases prononcées par mes interlocuteurs japonais me plongent, aujourd'hui encore, dans une grande perplexité. J'y trouve l'expression de ce qui me froisse et me touche dans ce pays, une difficulté à laisser jaillir à l'extérieur des émotions jugées sans doute obscènes ou insignifiantes, un poids qui s'abat journellement sur les consciences et sur la langue et dont on ne peut se défaire sous peine d'être jugé étrange ou différent ou idiot ou éternellement enfant. Avec le recul, je crois que c'est cette règle du silence comme vertu hautement sociale, comme ciment et lien, qui m'a pesé lors de mon séjour au Japon, sans doute parce que j'y retrouve une manière d'être que j'ai longtemps adoptée et contre laquelle il a fallu que je me batte pour réussir, enfin, à mon tour, à parler des morts qui sont autour de moi et qui continuent, parfois contre mon gré, à m'accompagner.

Quand as-tu parlé, pour la première fois, de ton secret ? Te souviens-tu de l'effet qu'a eu cette confidence sur les relations que tu entretenais avec la personne à qui tu l'as livré ? Cela vous a-t-il rapprochés ou séparés ?

Sachiro hésitait à prendre place, elle n'osait pas s'asseoir. J'ai gardé en mémoire ses cheveux gris, il me semblait qu'une femme japonaise n'aurait pas dû porter des cheveux gris, qu'une tradition informulée aurait dû la conduire à les cacher ou à les teindre. Comme avec les autres témoins, mes questions sur les attentats n'ont donné lieu à aucune réponse particulière, soit que les événements aient été trop anciens, soit que la particularité des faits se soit brouillée à force d'être recouverte par d'autres particularités et d'autres événements tout aussi traumatisants ou remarquables. Sachiro pourtant, je le sentais, avait quelque chose à raconter, mais quoi ? J'ai tourné autour de sa date de naissance, et donc autour de son enfance, de sa famille, j'imaginais que tout secret se loge là, au milieu des siens, sous cette enveloppe qu'on croit protectrice et à l'intérieur de laquelle on étouffe à force d'attention à l'autre. On n'a pas le droit de faire souffrir ses proches, sans doute une règle dont j'imaginais que Sachiro avait dû la respecter à la lettre.

Je suis une enfant de la guerre, a-t-elle dit, on avait faim. Mes parents ne parlaient jamais de cette période mais j'ai appris, je ne sais pas comment, qu'ils avaient vécu en Mandchourie avant ma naissance et y avaient eu deux enfants.

Êtes-vous allée en Mandchourie ? ai-je demandé comme si je cherchais à échanger avec elle sur des lieux touristiques que nous connaîtrions l'une et l'autre et qui constitueraient entre nous un territoire commun.

Oui, j'y suis retournée.

Retourner, ai-je pensé, Sachiro est retournée en Mandchourie.

J'ai ruminé ce verbe si longtemps qu'il est encore là, depuis ma rencontre avec elle. On retourne. Là où on n'a jamais mis les pieds. On va voir ce qu'on a en soi sans le vouloir. On se décrypte soi-même à l'aune d'un lieu, d'un nom, d'un paysage et d'une histoire antérieure à laquelle on n'a pas participé. Le secret de Sachiro était coincé là-bas, en Mandchourie, dans des villes dont le nom n'est ni tout à fait japonais, ni tout à fait chinois, ni tout à fait russe, des noms mixtes qui supportent le froid, la bise, la steppe, l'image presque abstraite de camps, de tortures, d'exactions, de corps martyrisés, brûlés, démembrés.

Le musée est très impressionnant mais ma mère n'a pas voulu m'accompagner, a-t-elle précisé. Et comme elle est morte trois mois après cette visite, je n'ai pas eu le temps de lui poser des questions même si je suppose que mon père avait été démobilisé au tout début de la guerre en raison d'une maladie, une pneumonie je crois.

Votre père était militaire ?

Oui.

Sachiro s'est levée, me signifiant par là que notre entretien était terminé. Je l'ai remerciée de s'être déplacée jusque chez moi et je l'ai raccompagnée, indécise, à la porte. Ce même jour, alors que la chaleur torride m'empêchait de quitter le studio et que je cédais au syndrome du ventilateur, j'ai vu un singe à ma fenêtre. Il ressemblait au petit macaque croisé au bord du canal, quelques jours plus tôt. Je l'ai salué dans l'espoir de le retenir, il s'est enfui. J'ai fait des recherches sur les liens entre le Japon et la Mandchourie et j'ai découvert qu'au camp 731 situé à Harbin en Mandchourie, des militaires japonais, dans le plus grand secret, avaient pratiqué des expérimentations biologiques et des vivisections sur des cobayes humains qui, dans les circulaires de l'époque, étaient officiellement appelés des « singes de Mandchourie ». J'ai pensé que le mot singe était une anagramme du mot signe.

Y a-t-il eu des symptômes avant-coureurs, des preuves, ou seulement une sensation diffuse accompagnée de petites décharges, douleurs périphériques ou aiguës, déchirant la trame lisse de la conscience ? Quand as-tu su que tu avais franchi la frontière te séparant de l'autre monde ?

À force de lutter contre la précipitation, la vitesse, l'emballement, j'ai vaincu en partie mon syndrome du ventilateur. J'ai réussi à quitter mon logement chaque matin à l'aube dans le but de sillonner un à un tous les quartiers de la ville, sachant que chacun d'eux, entouré par de grands axes routiers, est replié sur lui-même, tourné vers l'intérieur, constitué de ruelles et d'impasses secrètes, de poches denses, de sentiers coudés qui semblent éloigner le promeneur non seulement du cœur de la ville mais aussi du temps présent. Je me suis donc appliquée à entrer dans le labyrinthe. Tout était silencieux. On n'entendait aucun son, aucune voix, sortir des maisons pourtant fabriquées dans des matériaux légers qui auraient dû conduire et répercuter les bruits. De temps à autre quelqu'un, assis devant sa porte, me saluait sans rien dire, comme s'il m'accueillait dans un monde muet où les gestes avaient entièrement remplacé les paroles. Lors de l'une de ces promenades, je me suis perdue. Personne pour m'indiquer le chemin, aucune plaque, aucun numéro, même le brouhaha des autoroutes semblait avoir été suspendu, l'espace uniformément gris me retenait dans sa ouate, les maisons en bois brûlé élevaient autour de moi leurs façades rêches et noires, pas d'arbre, pas de vent, rien à humer ni à sentir. J'ai fini par sortir de ce pli le visage en sueur, la tête brouillée, les sens endoloris après avoir constaté que j'avais tourné en rond pendant plusieurs heures sans rencontrer âme qui vive. J'avais plongé dans la forêt obscure. L'enfer était ici et il n'y avait eu personne pour me guider hors de son feu.

Selon toi, où sont les morts ? Au-dessus ? Derrière ? En dessous ? Peux-tu les voir de temps en temps ou les entendre ou les toucher ou leur parler au moins en rêve ? Et si tu rêves d'eux, quelle sensation te laissent-ils au réveil ? Bonheur de les avoir vus ? Tristesse de les avoir perdus ? Effroi de constater qu'ils ont désormais une forme et un aspect qui les rendent méconnaissables ?

Pour moi vivre n'est pas joyeux, c'est tristesse, a dit Ken, il n'y a rien ici qui rend heureux.

Le jeune homme que j'avais en face de moi faisait partie d'un groupe de sept personnes qui s'étaient présentées toutes ensemble lors d'un rendez-vous que je pensais pourtant avoir pris avec une seule d'entre elles. J'avais bien spécifié que je préférais les entretiens en tête à tête mais mon interlocuteur principal, un homme extrêmement timide, était arrivé accompagné de six camarades, tous élèves de la même école de français. J'avais donc dû, après un long moment d'échanges croisés, leur demander de patienter dans une salle attenante et je les recevais l'un après l'autre en espérant que l'attente que je leur imposais ne serait pas trop pénible pour eux. Ken était le plus volubile et le plus extraverti de tous. Il est resté environ une heure trente avec moi et m'a raconté en détail ses amours contrariées avec une jeune fille perdue, retrouvée et à nouveau perdue, histoire apparemment sans lien avec le sujet que j'avais fixé à notre rencontre. Il déplorait ouvertement que le recours à la psychanalyse soit si rare au Japon pour traiter dépressions et névroses, et je pense maintenant, avec le recul, que lors de notre entretien, il m'a non seulement utilisée pour obtenir sans frais un cours de conversation avec une vraie Française directement importée de l'Occident mais s'est discrètement faufilé dans la peau d'un patient en présence de son psy, histoire d'expérimenter une méthode de soin à laquelle il rêvait de pouvoir recourir.

Comment arrives-tu à faire parler quelqu'un que tu ne connais pas ? Dans cet exercice d'interlocution, êtes-vous l'un avec l'autre ou plutôt l'un contre l'autre ? Et que fais-tu quand l'autre résiste ? Se rétracte ? Occulte ? Dévie ? Bifurque ? Ment ? Insistes-tu ? Ou laisses-tu ce mensonge bourgeonner et produire d'autres mensonges qui, à force, forment une grande toile dans laquelle vous vous trouvez pris toi et ton interlocuteur ? Penses-tu plus utile et fructueux de couper les fils de cette toile ou de la laisser t'enserrer, t'attacher, te retenir ?

Au moment de mars 1995, je venais de naître et tout ce que j'ai connu de cette période, c'est par recoupements, par ouï-dire et à la télévision, mais je sais que j'ai subi le contrecoup et que depuis je cherche désespérément la joie, a dit Ken. Pendant les études, on est focalisé sur le travail et on n'a le droit à aucune distraction, mais moi j'avais une copine et de temps en temps j'allais faire des courses avec elle dans l'uniforme de l'école, ce qui était tout à fait interdit parce que considéré comme trop voyant et impoli. Je n'avais pas envie d'obéir et j'ai continué à voir ma copine même après que les professeurs et mes parents me l'ont fortement déconseillé, je refusais qu'ils interviennent dans ma vie privée. Bien sûr ma copine et moi avons été séparés. J'ai beaucoup pleuré, j'ai découvert que personne ne voulait m'accepter comme je suis. Personne ne m'a dit, tu peux être toi-même. Je me voyais comme très mauvais, je n'avais pas confiance en moi. Heureusement, j'ai rencontré un homme plus âgé, un chrétien qui m'a fait découvrir la religion et le pouvoir qu'elle a de te faire accepter qui tu es. C'est un souvenir très fort pour moi. Cet homme m'a seulement raconté des histoires de christianisme et il m'a dit que beaucoup de jeunes gens avaient les mêmes problèmes que moi.

J'aurais peut-être dû voir dans la phrase de Ken, *cet homme m'a seulement raconté des histoires*, que le mot *seulement*, employé pour dédouaner son mentor chrétien, m'était adressé. Il m'alertait sur le rôle des adultes, de la religion, sur l'emprise qu'on exerce et dont on peut user à bon ou mauvais escient. Mais plongée dans l'intimité d'un garçon de vingt-cinq ans que je n'avais jamais vu avant et que je ne reverrais sans doute jamais, séduite et aussi submergée par son flot de paroles, je n'ai pas su me faufiler dans la brèche qu'avait ouverte cet adverbe et j'ai laissé filer. Je me suis dit plus tard que ce flot était peut-être la stratégie de Ken pour gentiment noyer ses propres secrets et que, prise par le charme vénéneux de cette grande vague, je n'avais pas été attentive aux courants qui, par-dessous, venaient contrarier ou influer le mouvement général.

Plus tard alors que j'avais une nouvelle copine j'ai retrouvé la première un soir par hasard, on est allés dîner ensemble et elle m'a dit qu'elle m'aimait encore et qu'elle m'aimerait toujours, j'ai été pris de doute, et je ne savais plus quoi faire. C'est là que la tristesse joue son rôle, la tristesse te conduit, la tristesse t'habite. Si tu es triste tu vas vers ta première copine, tu veux la calmer, l'apaiser, tu as peur sinon qu'elle se suicide, tu acceptes de te sacrifier pour elle, tu te satisfais du repos, ce qui signifie que tu arrêtes de chercher, en un sens tu es déjà mort. Ou alors tu renonces au calme, tu vas vers la vie, tu te lances dans la philosophie française quitte à éprouver toujours plus de stress, tu avances vers l'inconnu au risque de laisser derrière toi une femme qui t'aime. Faire le choix de la tristesse, c'est définitif, il faut avoir la force de ce choix et je ne suis pas sûr d'avoir cette force. Je me tiens là, à la charnière, ma jeunesse est en train de partir et je ne sais pas du tout quoi choisir.

J'ai senti que Ken me demandait mon avis mais je n'en avais aucun, je ne comprenais pas si cet amour de jeunesse le retenait ou le poussait, si cette fidélité à l'amour qu'on éprouve une fois était une prison ou la marque heureuse d'une continuité, s'il s'en voulait de rester le même ou de changer. Je me disais qu'il vaut peut-être mieux se tromper plutôt que de rester éternellement attaché à ce qu'on croit avoir été et que, du moment qu'on accepte de lâcher une chose pour une autre chose, on sortira de sa chrysalide pour devenir papillon. Et je me suis dit aussi que Ken, grâce à l'usage d'une langue qui n'était pas la sienne, avait la possibilité de ne jamais être tout à fait attaché et contraint, porté qu'il était par le travail d'une pensée fabriquée avec des concepts assez distants de ceux auxquels sa culture l'avait habitué. Voilà à quoi sert la philosophie française, me suis-je dit, elle ouvre à des découpages nouveaux, hybrides, des énergies vitales et des pulsions exotiques. Et je me suis dit aussi que cette expression qui revenait dans sa bouche, *accepter la tristesse et en faire le choix*, il ne l'aurait peut-être pas formulée en ces termes dans sa langue maternelle. Le français l'aidait à sortir de lui et à se projeter dans d'autres avenirs. J'ai regretté de n'avoir pas à ma disposition et dans ma tête plusieurs langues qui m'auraient condamnée au multiple. Si j'avais osé c'est à Ken que j'aurais demandé conseil. Comment fais-tu pour accepter la tristesse ? aurais-je demandé. Et il m'aurait sans doute répondu que sans la tristesse la vie est si légère qu'on ne la sent même pas passer. À quoi servirait une vie que rien ne mesure, à quoi bon une existence absolument sans gravité ?

Lors de l'une de mes excursions du côté du mont Daikichi, excursion qui m'obligeait à monter au-dessus de chez moi et me permettait ainsi d'éviter le porche aux araignées, j'ai parlé avec un marcheur qui participait à une randonnée de groupe sur le flanc est de la colline. Il s'était assis sur un banc placé là pour admirer la vue. Je me suis assise à côté de lui, il a engagé la conversation par gestes. Il m'a expliqué qu'il venait ici avant la fête O-bon pour vérifier que les dispositifs des artificiers étaient opérationnels et qu'il revenait après pour s'assurer qu'aucun défunt ne traînait en arrière. Je n'ai pas compris s'il s'attelait à ces tâches par goût personnel ou s'il était missionné par un employeur quelconque.

MOI : Où vont les morts ?

LUI : Ils retournent d'où ils sont venus.

MOI : Et s'ils se perdent ?

LUI : Ils errent aux abords des maisons et entrent dans les pièces.

MOI : Sont-ils dangereux ?

LUI : Non, mais ils sont désœuvrés et ils nous gênent.

MOI : Comment pouvez-vous être sûrs qu'ils sont partis ?

LUI : C'est la tradition. On les retrouvera l'année prochaine.

MOI : Et ceux qui n'ont pas trouvé le chemin, comment les repérez-vous ?

LUI : Nous utilisons les feux. Puis nous dansons, nous faisons la fête.

MOI : Vous ne voudriez pas qu'ils restent ?

LUI : Nous respectons la tradition.

MOI : Êtes-vous soulagés quand ils s'en vont ?

LUI : Nous ne nous posons pas ces questions.

À la fin de cet entretien improvisé, plusieurs des ouvriers présents m'ont proposé de partager leur repas et j'ai dégusté de petits pains aux algues, au riz et au poisson, en regardant le ciel éblouissant où des esprits s'élevaient, se croisaient et se frôlaient lors d'un vaste embouteillage nocturne. Cette perspective m'a fait oublier les veuves noires qui m'attendaient sagement sous une arche au profit d'âmes inconnues, impalpables, transparentes, dont la présence, parce qu'elle était ponctuelle et supportée collectivement, devenait sinon désirable du moins acceptable et presque indifférente.

C'est la mélancolie de Masato qui m'a tout de suite marquée. Les mélancoliques produisent sur moi un effet radical et instinctif, je les évite. Mais là, attablée en face d'elle dans un café international du quartier d'Ebisu, je devais affronter son état d'âme, dont je sentais qu'il était très ancien et qu'il l'avait entièrement investie depuis bien longtemps.

Je n'ai cessé de fuir, a-t-elle dit, d'abord aux États-Unis puis en France, où je suis arrivée une année après les attentats de Tokyo, en 1996. C'était d'ailleurs aussi une période de violence à Paris, il y a eu plusieurs attentats mais bizarrement je n'avais pas peur de prendre le métro alors qu'à Tokyo j'évitais les grosses gares de correspondance, je cherchais des wagons dont les vitres pouvaient s'ouvrir, je scrutais avec anxiété les poubelles. Je crois que c'est lié à la question des causes. En France il y avait une raison pour les attentats alors qu'au Japon il n'y en avait aucune. C'est très difficile de vivre avec quelque chose qui n'a aucune raison.

J'ai pensé que ce qui minait Masato, c'était moins l'arbitraire et l'absurdité des attentats que l'absurdité de la vie tout entière, la vie n'a aucune raison, il n'y a aucune raison de vivre. Sans doute sa mélancolie a-t-elle été nourrie de ce constat dont rien, dans son pays natal, ne pouvait la divertir. On part pour fournir à sa tristesse une source réelle (ou un prétexte) qui pourrait noyer ou recouvrir l'absence de raison. Être séparée des siens, être cantonnée à une compréhension réduite parce qu'on a choisi de séjourner à l'étranger, voilà qui donne à sa tristesse une raison d'être suffisamment concrète pour la justifier et pour que, jour après jour, on tente de l'apprivoiser. Partir pour être triste avec raison, pour avoir raison d'être triste, voilà ce à quoi je n'avais pas pensé avant ma rencontre avec Masato.

Masato était revenue à Tokyo dans les années 2000, elle n'avait donc pas trouvé à Paris un remède assez puissant contre son mal. Elle m'a parlé de ses parents malades et vieillissants pour lesquels elle était rentrée. Peut-être aussi, à la différence de ce qu'elle vivait dans les années 90, se sentait-elle désormais étrangère à son propre pays, ce qui l'aidait à continuer cette lutte non pas contre mais avec la tristesse, une lutte qui vise à prolonger ce sentiment de flottement et de non-appartenance et si possible à l'étirer jusqu'à la fin de son existence.

Penses-tu parfois à ce qu'aurait été ta vie si tu avais vu le jour dans un autre lieu ? Aurais-tu voulu naître dans un autre lieu ? D'où aurais-tu voulu être originaire ? As-tu une idée de la personne que tu serais devenue si tu venais d'une autre ville, d'un autre village, d'un autre pays ou d'aucune ville, d'aucun village et d'aucun pays ? Est-ce pour toi un rêve ou un cauchemar d'être apatride ?

Je suis partie à Hiroshima le 6 août, date anniversaire du largage de la bombe atomique. Avec des milliers d'autres visiteurs, je me suis installée le long des rives du fleuve où, en souvenir des victimes, habitants et touristes venus du monde entier allaient déposer des lanternes qui dériveraient ensuite dans le sens du courant. J'ai voulu acheter l'une de ces lanternes à un stand placé tout près du dôme de Genbaku, seul bâtiment resté debout après l'explosion. Toutes étaient identiques. Elles avaient manifestement été fabriquées à partir de deux ou trois patrons brevetés par les autorités locales, jolis rectangles de papier au centre desquels un axe en bambou accueillait une petite bougie. J'ai pensé avec un peu de mauvaise humeur que les âmes des morts avaient été normalisées.

Malgré cela, je suis restée longtemps avant d'en choisir une. J'en ai tenu plusieurs entre mes mains, j'ai touché leur surface sur laquelle des inscriptions avaient été peintes à l'encre de Chine. Il y en a même une que j'ai froissée un peu et que j'ai décidé, suite à ce premier geste, de froisser plus encore, puis de démanteler sous l'œil médusé du marchand. Personne ne m'a arrêtée. J'ai continué l'opération sans comprendre comment un événement que je n'avais pas vécu pouvait me mettre dans un tel état de transe. Une fois la lanterne cabossée et informe, je l'ai payée et je l'ai déposée sur le rivage. Comme certaines autres, sans doute mal conçues, mal posées ou trop fragiles, elle a pris l'eau et a coulé presque instantanément pendant que d'autres suivaient le courant jusqu'à un coude qui les dérobait à ma vue. Inexplicablement, j'ai couru le long des rives pour rejoindre ce coude et apercevoir les lanternes rescapées briller dans le crépuscule mais je me suis heurtée à la foule et malgré mes efforts, je n'ai pas réussi à atteindre le méandre désiré, de sorte que je me suis sentie rejetée, frustrée, éloignée du doux cheminement de ces âmes errantes glissant lentement, à mesure que la nuit tombait, vers l'embouchure du fleuve et, au-delà, vers la mer.

Supportes-tu mieux quelqu'un qui ne te demande rien et qui accepte que tu te taises ou préfères-tu sentir que l'autre exerce sur toi une pression pour te faire parler, manifestant par là l'intérêt qu'il te porte ?

Je m'appelle Tenshi, m'a dit Tenshi, c'est un nom banal ici au Japon. Je connais au moins dix personnes qui portent ce nom.

Je n'ai pas compris si Tenshi voulait s'excuser d'être comme tout le monde ou s'il élaborait la scène d'exposition et les prémices d'une histoire finalement assez peu banale.

Quand j'étais jeune, un Américain est venu habiter chez nous, a raconté Tenshi. Mon père l'avait rencontré dans un bar. Cet Américain, Ted, était installé au comptoir et il pleurait. Mon père l'a vu, et lui a demandé pourquoi il pleurait. Ted a expliqué qu'il venait de rompre, qu'il était complètement perdu et sans domicile. Je ne sais pas comment ils ont réussi à se comprendre parce que mon père ne parlait pas l'anglais et Ted ne parlait pas le japonais, mais mon père l'a ramené à la maison, pourquoi, je n'en ai aucune idée. Sans doute qu'à l'époque le modèle américain le séduisait. Mon père mangeait des hamburgers et se prenait pour James Dean, je ne vois pas d'autre explication. Et Ted est resté dix ans. C'était un homme étrange. Il s'est mis à travailler pour mon père, à lui servir d'interprète.

Je n'aimais pas tellement cet homme parce que ma mère ne l'aimait pas et aussi parce qu'il n'arrivait pas à prononcer mon nom. Mes amis se moquaient de moi à cause de ça, il faut dire qu'à l'époque c'était très inhabituel de voir des étrangers dans le pays. J'en voulais à Ted, je le considérais comme responsable des moqueries que je subissais. Il a fini par partir autour de l'an 2000, je ne l'ai plus jamais revu.

Alors que j'espérais en apprendre un peu plus sur les relations entre Tenshi et Ted, et aussi entre Ted et les parents de Tenshi, et que, nourrie inconsciemment de séries où conflits, affections, colère et amour s'expriment dans des dialogues définitifs et surécrits, chaque personnage énonçant ce que dans la vraie vie personne ne se permettrait jamais d'asséner aussi crûment, Tenshi, sans doute moins coutumier de cette culture de la soi-disant transparence, a conclu d'une phrase l'histoire de l'ami américain.

Avec le recul, je pense que c'est Ted qui m'a appris à accepter d'être mis à l'écart, c'est grâce à lui que je me suis initié à l'anglais, ma seconde langue maternelle.

Par fidélité à un disparu ou pour échapper à sa condition de Japonais des classes moyennes, Tenshi avait donc choisi l'anglais, une langue qu'il parlait avec beaucoup d'aisance et qui était le signe et le reste du pas de côté qui le maintenait, malgré son nom banal, à la périphérie. Quel que soit le rôle exact que Ted avait joué, cet homme ne renvoyait pas seulement au souvenir d'un temps qui s'était clos avec le vingtième siècle mais constituait une présence que Tenshi pouvait appeler à lui pour poursuivre son chemin à l'écart de la pensée dominante. L'ami américain disparu, quelles qu'aient été les relations qu'il avait tissées avec sa famille d'accueil japonaise, continuait à agir souterrainement à travers les mots de Tenshi, et, sans le savoir, se prolongeait dans sa voix.

Si tu pouvais dire ton secret le plus cher le plus enfoui et peut-être le plus honteux dans une autre langue que la tienne, est-ce que cela te faciliterait la tâche ? Et choisirais-tu plutôt, pour le dire, une langue proche mais que tu connais imparfaitement ou une langue tout à fait inconnue ? Une langue parlée par de nombreux locuteurs ou au contraire une langue en voie de disparition ? Une langue qui s'écrit ou une langue qui n'est transmise que par tradition orale ? Quelle langue choisirais-tu pour cet aveu ?

Madame Sakuraï ne m'avait pas prévenue qu'elle viendrait accompagnée de deux de ses amis, un homme et une femme qui devaient avoir entre soixante-dix et soixante-quinze ans. Je ne savais ni pourquoi ils étaient là ni ce qui les liait à cette femme. Nous étions installés dans une salle de classe plutôt conçue pour une conférence que pour une conversation, de sorte qu'il était difficile, eu égard à la configuration des lieux, d'établir une relation avec chacun des présents, d'observer et de saisir ce qui circulait entre eux.

Madame Sakuraï a consacré notre rencontre à parler de son mari, mort d'un cancer en mars 1995, au moment des attentats. Elle m'a raconté qu'elle n'avait pas été atteinte par la stupeur collective qu'avait provoquée l'attaque au gaz dans le métro, prise qu'elle était par une autre douleur, plus personnelle et intime. Son récit portait sur cette substitution d'une douleur à une autre, vécue comme une faute et une honte tenaces. Lors de la dernière hospitalisation de son mari, le médecin l'avait prévenue qu'il n'aurait plus l'occasion de retourner dans sa maison.

Mais mon mari voulait mourir chez lui et moi aussi, a-t-elle dit.

J'ai tiqué à cette phrase, j'ai pensé un moment que madame Sakuraï voulait mourir elle aussi, en même temps que son mari, sans doute un excès de lyrisme de ma part, une tendance à voir l'amour comme un sentiment fusionnel qui interdit d'imaginer la vie sans l'autre, ou une difficulté à me représenter comme une chose acceptable la volonté de voir mourir l'être aimé. Pourtant, le *moi aussi* de madame Sakuraï ne désignait pas une envie de disparaître en même temps que son mari, non, mais seulement de suivre ses volontés et de faire en sorte qu'il puisse finir ses jours chez lui entouré de ses proches.

Alors au lieu de pleurer j'ai décidé de mettre toutes mes forces possibles pour vivre avec lui jusqu'à la fin, a ajouté madame Sakuraï.

Elle se rappelait avoir été entièrement investie par la mise en place, chez elle, de soins palliatifs, à une époque où, au Japon, rien n'avait été prévu par les services sociaux pour l'accompagnement des personnes en fin de vie. Pendant trente jours, elle avait joué le rôle d'organisatrice et d'infirmière à domicile et avait pu rester aux côtés de son mari jusqu'à son décès. Après sa mort, elle avait réuni des lettres et des textes de ses amis et collègues et fait publier un petit livre en son honneur mais comme elle le disait avec regret, sa fille, qui n'avait que dix ans à l'époque, n'avait toujours pas lu ce livre ou si elle l'avait lu elle ne lui en avait jamais parlé.

En écoutant madame Sakuraï, j'ai compris qu'elle était venue pour rendre un hommage à son mari et qu'elle s'était entourée de deux de ses amis pour confirmer l'existence de cet homme, mort trop jeune, à quarante-six ans, sans laisser de traces à la mesure de ses qualités. Les deux accompagnateurs de madame Sakuraï prouvaient par leur présence conjointe et leur manière d'acquiescer au portrait de lui dressé par sa femme que cet homme avait été drôle, intelligent et joyeux, qu'il avait bel et bien vécu, qu'on ne l'oubliait pas, comme un livre que personne ne lisait en attestait encore. Madame Sakuraï n'a exercé aucune pression sur moi et ne m'a absolument rien dit de particulier sur le rôle qu'elle me voyait jouer ou les usages que je pourrais faire de son histoire. Mais sans doute qu'elle venait me voir en espérant qu'à mon tour je toucherais un mot de cet homme, afin que son existence ne se soit pas déroulée en pure perte et qu'il reste quelque chose de son fugace passage parmi les vivants.

Quand je lui ai demandé, comme j'avais l'habitude de le faire, s'il y avait une chose qu'elle voulait ajouter, elle m'a souri et d'un air gêné mais avec détermination m'a posé cette question qui reste en suspens depuis, justifiant en quelque sorte le projet même de ce livre : Pourquoi vous intéressez-vous au gaz sarin ?

Il n'y a pas
de silence qui tienne
Il n'y a pas
de négation qui tienne
Il y a
cette question
trop ancienne
qui se débat
comme un insecte aux mille pattes
retourné sur le dos
et tout entier agité
par la peur de ne pas retrouver la terre ferme.

Peut-être que je devrais raconter l'histoire de madame Sakuraï autrement, peut-être que je devrais commencer plutôt par les deux personnes qui l'accompagnaient et qui tour à tour ont pris la parole après elle. Peut-être que contrairement à ce que j'avais cru, ils ne l'accompagnaient pas pour la soutenir dans sa démarche mais étaient venus pour évoquer, tour à tour, leur propre histoire qui n'avait rien à voir avec celle de madame Sakuraï et de son mari. Ou peut-être que, durant les quelques heures que j'ai passées avec eux, les fonctions respectives dévolues à chacun des protagonistes, fonctions qu'ils avaient définies entre eux au préalable, se sont transformées et inversées. De fait, si je pense au temps de parole de chacun d'entre eux, je suis forcée de constater que c'est l'accompagnatrice de madame Sakuraï qui a été la plus bavarde, c'est elle qui a occupé le plus de place.

Je ne voulais pas une vie ordinaire, je voulais plus, a-t-elle déclaré juste après que madame Sakuraï s'est tue. Mon père travaillait à Kyushu pour une grosse compagnie d'acier au Japon dont je dois cacher le nom et il ne voulait pas que ses filles aient de l'éducation, il voulait qu'elles se marient. Et moi je tenais à lui prouver que j'étais mieux que ce qu'il pensait. Alors, je travaillais dur, j'accumulais beaucoup d'argent, et dès que j'en avais assez, j'abandonnais le travail, je partais en Europe et je dépensais tout. J'ai quitté le Japon pour l'Angleterre à l'âge de vingt-quatre ans, puis je suis partie six semaines en Allemagne de l'Est en compagnie d'une amie qui appartenait à un groupe de communistes.

Madame Sakuraï, un vague sourire aux lèvres, a écouté son amie parler de l'Allemagne, de ses nombreux séjours à l'étranger, de sa rencontre avec son mari, un journaliste américain qui était apparemment communiste. Correspondant à Shanghai, il avait publié en anglais des articles sur l'utilisation des armes bactériologiques par l'armée américaine lors de la guerre de Corée, avait été poursuivi par le FBI et avait dû quitter son pays. Je n'ai pas très bien compris de quel pays il s'agissait, Chine ou États-Unis, car la parole de mon interlocutrice virevoltait en tous sens, comme s'il lui fallait brouiller les pistes afin que sa vie tourbillonnante, aventureuse, pleine de mystères et de chausse-trappes, ne soit pas épinglée par le service d'ordre d'un des États autoritaires auxquels elle s'était frottée. Toutes les histoires qu'elle racontait semblaient sortir d'un film d'espionnage des années 70 au point que je me suis demandé si son goût du romanesque ne fragilisait pas la vérité de ses propos.

Depuis 2011, le champ d'exploration de cette femme s'était restreint. Elle passait désormais beaucoup de temps à circuler en bus entre Tokyo et Fukushima pour mesurer les effets de l'accident nucléaire sur le niveau de radiations. Je me moque des risques, a-t-elle dit, j'ai soixante-dix-sept ans, je n'ai pas d'enfant, je peux me permettre d'aller observer le désastre pour alerter l'opinion publique sur la contamination.

Avec l'association dont elle était membre, elle veillait ainsi à ce que les discours officiels ne soient pas trop éloignés de la réalité des faits. Étonnamment, cette femme extravagante dont les propos étaient à la fois foisonnants et elliptiques s'était donné pour mission de traquer les silences d'État.

Peut-être finalement que madame Sakuraï, à la recherche des preuves de l'existence de son mari, l'avait bien choisie. Peut-être que seuls ceux qui montrent autant qu'ils cachent savent vraiment comment débusquer le mensonge par omission et le mettre au jour. Peut-être que c'est ainsi qu'on reconnaît les agents doubles.

Établis-tu une différence entre le mensonge et la fiction ? Penses-tu qu'il faut fabuler le réel pour avoir une chance de le saisir ? Est-ce que les choses qui te touchent le plus sont aussi les plus incompréhensibles ? Et en quoi l'intelligence des faits change-t-elle quelque chose au profond désarroi dans lequel les événements te plongent ?

Monsieur Chizudaï était le troisième homme ou plutôt le seul. Il était venu avec madame Sakuraï et son amie et a passé le temps de nos entretiens à manifester son assentiment par de petits grognements et hochements de tête. Depuis les attentats au gaz sarin et même bien avant, il se sentait concerné par les accusations qu'on portait contre les scientifiques et tenait à minimiser leur responsabilité dans l'ensemble des dysfonctionnements auxquels la planète en général et le Japon en particulier étaient et sont encore exposés. Toxicologue de formation, il était devenu administrateur des hôpitaux privés de Tokyo. Au moment des attentats, plusieurs collègues, en première ligne aux urgences médicales, l'avaient appelé, affolés, en constatant que les lésions des patients ressemblaient à celles qu'occasionnent les produits chimiques. Était-ce l'éloignement temporel des événements qu'il relatait ou un trait de son tempérament, monsieur Chizudaï présentait tout cela de manière extraordinairement rationnelle.

Pour traiter les malades, il faut donner de l'atropine mais là où habituellement on administre une ampoule, mes collègues étaient obligés, vu la puissance du gaz, de recourir à mille ampoules par patient. Nous connaissons bien ces traitements, pas seulement en contexte militaire, mais aussi en contexte civil, car beaucoup d'accidents domestiques sont liés au gaz. Nous sommes efficaces pour sauver et pour tuer, a ajouté monsieur Chizudaï, avant de se reprendre. Je veux dire, pour *nous* tuer.

Je n'ai pas voulu relever son lapsus, mais j'ai bien sûr pensé au gaz sarin qui, quoi qu'en dise monsieur Chizudaï, était un gaz qu'on n'utilisait pas pour mettre fin à ses jours mais pour supprimer en masse des ennemis réels ou supposés tels. Dans cette histoire terroriste comme dans d'autres, les scientifiques avaient privilégié leur désir de savoir sur les risques de leurs découvertes.

Imperturbable, monsieur Chizudaï a ignoré ses propres hésitations.

Au Japon, on a le sens de l'efficacité, on sait se suicider sans commettre d'erreur, on est des spécialistes de la mort volontaire et il n'est pas question, comme en France, d'utiliser des méthodes lentes et douces qui souvent ne marchent pas. Les médicaments ne sont pas une option majoritaire, nous préférons de loin nous jeter sous une rame de métro ou du haut d'une tour, c'est beaucoup plus sûr.

Dans sa voix, j'entendais presque un mépris à l'égard de ceux qui tentent sans réussir, qui font semblant, qui lancent des appels dont ils espèrent qu'ils seront assez parlants pour qu'une main les retienne et leur permette de ne pas passer à l'acte. Monsieur Chizudaï pensait sans doute que le suicide est une décision suffisamment radicale pour qu'on n'hésite pas, qu'on ne tergiverse pas, qu'on ne prenne pas les autres en otage. Au Japon, plus qu'en France, on n'a sans doute pas le droit de rater son suicide.

Dans l'archipel
il est interdit de regarder l'écran de son téléphone en marchant sur des passerelles étroites
il est interdit de monter sur la balustrade
il est interdit d'emprunter les escalators avec des talons hauts
il est interdit de se jeter sous les wagons
il est interdit de faire du feu sur la plage
il est interdit de télédiriger des drones dans le parc
il est interdit de se baigner sans maillot
il est interdit de s'allonger sur les marches du temple
il est interdit de fumer hors des zones réservées à cet effet
il est interdit de boire à l'entrée du musée
il est interdit d'uriner le long des trottoirs
il est interdit de garer son vélo en dehors des parkings
il est interdit de répondre aux sollicitations des mendiants
il est interdit de parler à haute voix dans les rames
il est interdit de crier dans les espaces publics
il est interdit de se pencher au-dessus du vide
il est interdit de mettre fin à ses jours.

En sortant de mon rendez-vous avec madame Sakuraï et ses deux amis, troublée par ces récits mêlés dans lesquels je cherchais à me repérer, à m'immiscer, et sans doute à me reconnaître, j'ai raté la rue principale qui m'aurait menée directement chez moi et me suis retrouvée à nouveau dans un labyrinthe. J'ai cru que j'allais, comme cela s'était déjà produit quelques semaines plus tôt, tourner en rond dans des rues inconnues, voir apparaître une ou deux personnes qui m'adresseraient silencieusement un signe incompréhensible, tourner encore jusqu'à éprouver sur ma poitrine un poids si fort que le hurlement que je pousserais déchirerait ma prison et ouvrirait la brèche nécessaire à ma délivrance. Je n'ai pas eu besoin d'aller jusqu'au cri, l'une des ruelles que j'ai empruntée, déserte, a débouché miraculeusement sur une grande avenue de chaque côté de laquelle les boutiques et marchands d'ustensiles de cuisine se succédaient. Un peu hagarde, je suis entrée dans l'une de ces boutiques et j'ai acheté un couteau tranchant habillé d'un étui en cuir souple.

Une fois rentrée chez moi, j'ai fait glisser le couteau hors de son fourreau, j'ai tâté le tranchant et, en palpant l'inscription en relief qui avait été martelée sur la lame, je me suis fait par mégarde une entaille qui a saigné abondamment. Je me suis précipitée dans la salle de bains en me disant que les scolopendres seraient peut-être attirées par l'odeur du sang. J'ai rincé la coupure. J'ai entouré mon doigt blessé d'un pansement adhésif que j'ai serré pour contenir l'hémorragie. Le doigt a continué à être douloureux pendant plusieurs jours, il s'est infecté. J'ai décidé de percer l'abcès qui avait commencé de se former en utilisant justement la pointe de mon couteau plongée au préalable dans une solution antiseptique et je me suis dit que, au regard des adeptes du seppuku, enfonçant avec une morgue héroïque leur sabre ouvert dans leurs viscères tièdes et les regardant se déverser devant eux, mes gestes seraient insignifiants. Même si la douleur a été vive, cette comparaison m'a fait sourire. J'opposais là une réponse personnelle et minuscule à une culture où le suicide apparaît comme la forme accomplie et pure de l'existence, la manifestation d'une maîtrise qu'on veut exercer sur le monde, le refus de s'y plier. Je me suis dit que contre toute volonté de puissance, il fallait que j'accepte les imperfections du réel, que je tente de m'y adapter et même que je renonce à ce mot d'*imperfection* qui me plaçait, moi, au centre du monde.

La poupée que j'ai dû fixer sur mon doigt pendant plusieurs semaines était la marque et le rappel de cette imperfection, presque son accomplissement.

Avez-vous entendu parler de l'armée impériale japonaise et de ce qu'elle a fait en Mandchourie ? m'a demandé monsieur Suzuki de but en blanc avant même que je n'aie eu le temps de lui présenter mon projet.

Dire oui risquait de susciter la méfiance de monsieur Suzuki à l'endroit d'une étrangère, sans doute venue pour montrer à ses lecteurs européens toutes les exactions et turpitudes commises par la nation japonaise. Mais dire non risquait de me faire passer pour une touriste un peu naïve qui ne connaissait rien des complexités de l'archipel. J'étais donc piégée par cette question et je me suis dit que monsieur Suzuki, un militaire à la retraite, manifestait là une science de l'interrogatoire et de la stratégie bien supérieure à la mienne. Plutôt que de répondre, je l'ai donc fixé en essayant de garder une attitude et une expression neutres et, de fait, ma réaction a été suffisamment indéchiffrable pour qu'il poursuive.

L'Unité 731, un groupe de docteurs et de chimistes japonais, a fait des expériences sur les prisonniers chinois pendant la Seconde Guerre mondiale. Ils les exposaient par exemple au germe de la peste pour voir comment les infections se propageaient ou ils pratiquaient des amputations sans anesthésie pour voir comment leur corps réagissait. J'ai été moi-même médecin, et imaginer certains de mes collègues jouant ce rôle m'a révolté. J'ai décidé de travailler avec un journaliste qui voulait poursuivre ces criminels de guerre. Nous avons retrouvé un des membres du groupe et il a fini par avouer. Il n'arrivait pas à oublier l'un de ses prisonniers sur qui on lui avait demandé de pratiquer à vif l'ablation d'un organe interne. Pendant toute la durée de l'opération, le prisonnier l'avait regardé dans les yeux sans crier, sans pleurer, sans se plaindre, et ce regard le hantait encore, il en rêvait presque toutes les nuits. Il espérait qu'en parlant il serait enfin libéré de ce regard. Je ne sais pas si nous souhaitions qu'il soit libéré mais nous l'avons laissé s'exprimer. Finalement, en dépit de notre enquête et des preuves que nous avons réunies, aucun des membres du groupe n'a été inquiété, ils ont tous été pardonnés.

Je n'ai pas compris le sens du mot *pardonner*. Je me suis demandé si mon interlocuteur voulait rappeler que les membres du groupe 731 avaient été disculpés ou relaxés ou acquittés. À moins qu'il n'ait pas eu en tête les défaillances de la justice mais le rôle que joue la conscience collective pour taire et recouvrir la perpétuation souvent violente de toute nation.

Connais-tu l'histoire de tes ascendants ? Quel effet te font les rares indices que tu as réunis de ces existences antérieures à la tienne ? Pourquoi n'es-tu pas à l'affût de ces traces ? Est-ce leur insignifiance et leur ténuité qui te font mal ? Qu'attends-tu pour explorer ce passé et le vide qu'il a creusé en toi ?

Je devais rejoindre en métro un bistrot japonais de Chiyoda, un quartier qui, en le parcourant ce soir-là, m'a paru morne et excentré alors qu'en vérifiant beaucoup plus tard l'adresse de ce bistrot pour donner plus de réalité à mes souvenirs, j'ai constaté qu'il se situait en fait au centre ouest de Tokyo. À l'entrée du bistrot, une femme très aimable m'a conduite au fond d'un couloir, a fait coulisser un panneau, découvrant une petite pièce sans fenêtres où quatre personnes, assises à même le sol et déchaussées, étaient entassées. Kuniko, qui m'avait conviée à ce dîner, m'a présenté les autres convives, tous militaires. C'était la première fois de ma vie que je dînais en chaussettes, dans une pièce aveugle, avec trois militaires, et à l'intérieur de moi, une petite flamme malicieuse me suggérait, malgré la menace claustrophobique que la taille de la pièce faisait peser sur moi, de relever le défi et de profiter de ce que je n'aurais sans doute jamais l'occasion de vivre une seconde fois. L'alcool n'était pas pour rien dans l'ambiance surchauffée qui régnait autour de la table et j'ai assez vite compris que les convives avaient commencé à boire avant mon arrivée.

La soirée a été surprenante et pleine de rebondissements entre autres parce que s'y jouaient des relations amicales, professionnelles et hiérarchiques, que je n'ai pas saisies. Au milieu du dîner, l'un des convives, qui avait commandé beaucoup d'alcool et de plats divers, avait bu et mangé très abondamment, s'est brusquement levé, a vacillé un moment et est parti sans autre forme de procès. À l'agitation qui a suivi et au malaise des autres, j'ai fini par comprendre qu'il avait quitté les lieux sans payer sa part et que tout ce qu'il avait consommé serait donc pris en charge par ses collègues. En sa qualité de général et chef des opérations de décontamination lors des attentats de 1995, il était le plus gradé du groupe, le plus alcoolisé, et peut-être aussi le plus rusé, si tant est que son départ ait relevé d'une méthode d'intimidation, ou d'un abus de pouvoir, hypothèse que je n'ai pas pu vérifier. C'est lui qui, en tout cas, a pris le plus de place pendant la première partie du dîner.

J'étais très pauvre, a-t-il dit, comme Napoléon. Et sur mon île, il n'y avait ni agriculture, ni pêche, pas d'autre moyen de s'en sortir que d'entrer dans l'armée. J'étais dans les forces de défense. J'ai monté les échelons et je suis devenu un général d'armée. J'avais des centaines de personnes sous mes ordres. Depuis longtemps, nous étions préparés à une attaque chimique des Russes et nous détestions les communistes. Le chef de la secte Aum, Asahara, responsable des attentats de Tokyo, avait des connexions avec les Russes, il leur a acheté des matériaux pour fabriquer le gaz sarin, qui n'est pas un gaz domestique mais une arme de guerre. Donc les Soviétiques savaient ce que

Asahara planifiait. Et les États-Unis aussi. C'est ce que je crois. Je les suspecte. Aum a importé des armes de l'Union soviétique pour détruire le gouvernement, c'était une affaire très grave. On a eu de la chance. D'autant que la secte était sans doute épaulée aussi par la Chine et la Corée du Nord. Ils avaient l'intention d'utiliser Aum pour nous détruire.

Vous vous souvenez de la date de l'attentat ? ai-je demandé pour dévier les considérations politiques, militaristes et complotistes dont mon interlocuteur avait l'air friand.

Oui, c'était un lundi. Je jouais au golf. Le premier lieutenant m'a appelé. Il m'a dit qu'il y avait un accident dans le métro, qu'on n'avait pas encore besoin de moi et que je pouvais continuer à jouer au golf. Mais comme, au moment du tremblement de terre de Kobé, quelques mois plus tôt, on nous avait déjà reproché de ne pas intervenir assez vite, j'ai pensé que ma responsabilité était engagée et j'ai donc décidé d'y aller. J'ai arrêté le golf, je suis retourné vers le régiment, nous sommes allés sur les lieux escortés par un car de police. Il y avait une atmosphère de guerre et c'était la première fois que je connaissais ça, c'était très excitant même si tout le monde était paniqué. Les ordres étaient confus. J'ai dû essayer de comprendre les choses par moi-même et j'ai décidé d'envoyer l'infanterie pour coordonner nos actions, comme le fait Zidane au foot. Nous sommes descendus dans le métro avec des masques mais personne ne savait encore qu'il s'agissait d'une attaque au gaz sarin, d'autant qu'on ne voyait pas les victimes. Comme on n'avait pas de détecteur chimique, j'ai envoyé un subordonné dans les wagons et je lui ai demandé d'enlever son masque pour voir si oui ou non les lieux étaient infectés par un poison.

Alors que je pensais aux références françaises du général, Zidane et Napoléon, et que ce parallèle confirmait l'aversion que j'éprouvais à l'égard du football, le général a montré du doigt son collègue, un homme au visage carré et aux mâchoires proéminentes.

C'est à lui que j'ai donné les ordres, c'est lui qui a joué le rôle du canari dans cette opération, a-t-il dit en éclatant de rire.

Je me suis demandé si *le rôle du canari* était une expression japonaise spécifique qu'il avait traduite dans son anglais haché et improbable ou si le général s'essayait à des métaphores et figures personnelles. J'ai imaginé le préposé à la décontamination en train de chanter dans une petite cage pour plaire à un éventuel autre canari, séparé de lui et inaccessible, et cela m'a confortée dans l'idée qu'au cœur de toute attaque des événements minuscules quasi invisibles, inattendus manifestent la résistance que nous opposons tous à la destruction totale et irréversible de notre tranquillité.

Je fais des recherches sur les armes chimiques et les agents pathogènes pour l'armée, a dit le collègue du général, d'une voix fluette qui contrastait fortement avec la taille de sa tête et de ses mâchoires. Et au moment de l'attaque au gaz, la police était très nerveuse. Les militaires ne savaient pas si les lieux étaient ou non contaminés. On m'a demandé de faire un rapport. D'habitude, dans ce genre de cas, on utilise un canari comme détecteur de sarin. Mais comme il n'y en avait pas ce jour-là, c'est moi qui ai fait le canari. J'ai enlevé mon masque. Je savais que si j'étais exposé au sarin, je le sentirais et que mes yeux ne verraient plus. J'ai attendu une ou deux minutes, tout allait bien, je pouvais respirer et je voyais, j'étais en mesure de faire mon rapport.

J'ai pensé que si le sarin avait été encore actif, cet homme ne serait plus là pour prendre la parole au moment où son supérieur, qui l'avait exposé au gaz vingt-cinq ans plus tôt, décidait en riant de la lui donner. Le jour où une attaque bactériologique de grande ampleur aurait lieu, non seulement les oiseaux se tairaient définitivement mais les hommes mourraient. J'ai imaginé le sarin venant à bout des serins, et au large visage de cet homme s'est superposée la tête dodelinante d'un petit oiseau de jardin, dernier de son espèce et dernier de toutes les espèces. Je commençais à trouver le temps long parmi tous ces drôles d'oiseaux qui m'entouraient et j'avais une forte envie de quitter ce dîner un peu comme le général avant la fin des hostilités. Mais la soirée avec les militaires se prolongeait et s'étirait sans que je puisse envisager de m'y soustraire. Impossible en effet de quitter une pièce fermée sans froisser ceux qui m'y avaient invitée.

As-tu déjà possédé un oiseau en cage ? Te souviens-tu d'avoir éprouvé l'envie de le libérer ? Provisoirement ? Définitivement ? Comment réagissait ton prisonnier quand tu ouvrais la petite porte grillagée ? L'oiseau s'élançait-il ou avait-il tendance à se retrancher dans un coin pour refuser cette liberté imposée ? Dans ce dernier cas, attrapais-tu la petite bête palpitante pour la forcer à quitter son refuge ? À qui cette échappée était-elle censée procurer du plaisir ? À lui ou à toi ?

Ma vie nocturne a continué de se déployer entre mon studio et la terrasse ouest de la résidence. Je n'avais pas vu de scolopendres, malgré mes inspections journalières, minutieuses, obstinées et, au milieu de la nuit, je me levais pour m'asseoir devant le panorama urbain. Bien que le gérant de la résidence m'ait formellement déconseillé cette pratique, je déposais sur la terrasse des bananes et des graines pour attirer les singes, un singe en particulier. J'appelais sa présence de mes vœux mais ni la nourriture ni mes souhaits n'étaient d'aucun effet. J'écoutais la ville à mes pieds. Son silence clignotant me fascinait. Je regardais scintiller de petites lampes qui semblaient indiquer que des êtres humains ici et là, à pas feutrés, continuaient à s'activer, manger, chuchoter et surtout se taire afin de ne pas exposer à l'extérieur de quoi leurs pensées étaient faites. Je n'entendais jamais d'éclats de voix, ni passants tardifs, ni programmes télévisuels, ni disputes dont les échos auraient passé les cloisons. Si la minuterie électrique ne s'était pas mise en marche signalant le retour d'un résident, et si je n'avais pas entendu le sourd vrombissement de la ventilation, la tranquillité aurait été si totale que j'aurais pu croire que j'étais seule au monde. Mais l'immeuble frissonnait, traversé de temps à autre de présences fugitives, de grognements (que les habitants du quartier attribuaient aux sangliers), petits accidents qui rompaient la texture uniforme de l'atmosphère.

Une nuit, comme souvent, l'ascenseur a commencé son ascension mais s'est brusquement interrompu entre deux étages. J'ai parcouru les escaliers, j'ai appelé pour m'assurer que personne n'avait été bloqué entre deux paliers.

Il y a quelqu'un ? ai-je dit en français en détachant bien toutes les syllabes et en insistant sur la tournure interrogative de ma phrase.

Personne ne m'a répondu.

Le matin qui a suivi, un ouvrier est venu réparer le mécanisme. Il a trouvé à l'intérieur une femme couchée en chien de fusil. Elle dormait. Cette femme n'était pas une étrangère, les résidents recouraient fréquemment à ses services pour la fourniture de repas et de produits frais. En revanche, personne ne comprenait pourquoi elle était restée coincée dans l'ascenseur à une heure si avancée de la nuit et pourquoi elle n'avait pas déclenché l'alarme. Je n'ai pas voulu augmenter la perplexité de mes voisins en racontant que j'étais éveillée au moment de la panne et que j'avais lancé un appel qui était resté sans écho.

Tracassée par cette aventure que j'avais décidé de taire et qui me mettait mal à l'aise, je n'ai pas pu m'empêcher d'aller voir le gérant qui tenait une sorte de permanence dans un bureau aux portes vitrées, prêt à intervenir en cas d'incursion inopinée d'une scolopendre, d'une veuve noire, d'un singe un peu trop fouineur ou de tout autre importun. Plutôt que de lui parler de mon expérience de la veille, j'ai essayé de l'entretenir de mon travail et de son avancée. Alors que les attentats au gaz sarin semblaient le laisser totalement indifférent (peut-être une ruse de sa part pour éviter que je ne le bombarde de questions), il s'est passionné pour les doutes que j'énonçais à propos de mon enquête, liés aux difficultés de communication et écarts d'interprétation qui pouvaient surgir entre moi et des interlocuteurs dont la langue maternelle était très éloignée de la mienne. Notre conversation a pris un tour intime et, alors que nous n'avions jusque-là échangé que sur les diverses espèces plus ou moins venimeuses en milieu urbain, nous nous sommes lancés dans un dialogue surréaliste et décalé qui contrastait, dans mon esprit, avec le rôle d'exterminateur de nuisibles que je voyais en lui.

MOI : Je crois que je n'y arriverai pas.

LUI : Écoutez ce que vous n'entendez pas et transcrivez-le dans votre langue.

MOI : Quelle langue ?

LUI : Celle que vous avez choisie.

MOI : Je n'en ai choisi aucune.

Un silence assez long a suivi ce constat. Le gérant s'est rapproché de moi et a murmuré à mon oreille.

LUI : Alors tu ne parles pas ?

MOI : Si. Je réponds.

LUI : Comment t'y prends-tu pour répondre si tu n'as pas choisi une langue pour le faire ?

MOI : Je reprends ce que les autres me disent en écho.

Je n'aurais pas cru que cet homme, dont le rôle était d'assurer la logistique et l'entretien des parties communes, m'offrirait une occasion aussi inattendue d'énoncer pour moi-même et pour lui l'une des conclusions incertaines auxquelles j'étais parvenue. Écoute l'écho, me disais-je, écoute l'écho. Et c'est en ruminant cette phrase un peu énigmatique que j'ai réussi à ne pas lui parler de la femme coincée dans l'ascenseur et de l'appel sans réponse que je lui avais lancé dans la nuit.

Aussi étrange que cela puisse paraître, j'ai rencontré Nao à Kigali dans le cadre de journées d'étude consacrées à l'exploitation des archives pour documenter les meurtres de masse. C'est à Tokyo que je l'ai revu quelques années plus tard. Bien qu'enthousiaste à l'idée de témoigner sur les attentats de 1995, il a été plus prolixe sur son enfance que sur le gaz sarin et ses usages. Toute sa famille était originaire d'Hiroshima et il a été le seul à naître à Fukuoka, dans le sud du Japon, loin de la ville de ses ancêtres, de ses parents et de ses frères et sœurs. À l'âge de dix ans, il a dû quitter Fukuoka pour Hiroshima où ses parents ont décidé de retourner. Il m'a parlé du déchirement ressenti quand on l'a forcé à quitter son environnement et ses amis d'enfance pour une ville qu'il ne connaissait pas, du sentiment qu'il éprouvait d'être étranger à Hiroshima et étranger à ses proches. Ce sentiment était encore plus fort le 6 août de chaque année, quand tous les écoliers étaient obligés d'interrompre leurs vacances d'été pour participer à la traditionnelle commémoration du largage de la bombe atomique. Comme les autres enfants, Nao, pour préparer cette cérémonie, devait rédiger un texte où manifester son lien avec l'événement, sa compassion à l'égard des très nombreuses victimes civiles d'une guerre perdue. Mais il détestait et redoutait l'exercice qui consistait, disait-il, à écrire sur quelque chose qu'on n'a pas vécu, n'éprouvait ni plaisir ni émotion, et vivait ce moment comme une obligation extrêmement fastidieuse à laquelle il se pliait de mauvaise grâce malgré l'insistance de ses enseignants et l'incompréhension de ses proches. Chaque 6 août lui rappelait à quel point il était différent des autres, et à quel point il était impossible pour lui d'échapper à cette différence.

La lumière a vacillé
je l'ai suivie du regard
comme si je pouvais lui donner de la force
mais le papier était si fragile
et je l'avais froissé avec tant de rage
de maladresse
qu'il n'a pas pu résister
et que la lanterne a coulé

Aucun poème
aucune action
aucune parole
ne pourrait inverser les faits.
J'avais par méchanceté
inconscience
stupidité
empêché cette petite lumière de briller.

D'autres ont survécu
d'autres ont atteint l'embouchure du fleuve
mais la mienne
par ma faute
a été engloutie avant d'y parvenir.

Ce n'est qu'à l'âge de quatorze ans, alors qu'il n'avait plus à écrire des devoirs sur les victimes de la bombe H, que Nao a découvert que son grand-père avait été irradié. Envoyé sur place en tant que médecin militaire en vue d'évacuer les blessés, cet homme était arrivé le 6 août 1945 et était resté pour les opérations de sauvetage jusqu'en décembre de cette année-là. Au moment du décès de son grand-père, Nao avait appris qu'il était mort des suites de son irradiation et que sa mère elle-même, en tant que fille d'irradié, était régulièrement convoquée pour des examens médicaux imposés par les services de la ville. Peut-être que rétrospectivement Nao s'en voulait de n'avoir pas pris au sérieux les devoirs d'écolier à rendre sur l'explosion de la bombe alors que sa famille, sans qu'il le sache, avait été si durement touchée par l'événement. Mais il n'a rien laissé paraître de ses éventuels remords d'enfant, et mes questions sur la nature de ses textes d'écolier et sur ses liens ultérieurs avec la ville honnie d'Hiroshima sont restées sans réponse. J'ai su seulement qu'il avait passé le plus clair de son temps hors du Japon et loin d'Hiroshima, en France, en Belgique et en Grande-Bretagne, qu'il menait des recherches sur les viols et violences que l'armée japonaise avait fait subir aux femmes coréennes pendant la Seconde Guerre mondiale et sur la difficile transmission de cette histoire-là aux générations suivantes, et qu'il manifestait depuis quelques mois un intérêt tout nouveau pour les femmes chamanes qui officient dans les montagnes reculées du nord de l'île d'Hokkaïdo. Peut-être qu'au croisement de l'Histoire et de la magie, et dans un lieu situé à l'extrême nord du pays, à l'opposé donc de son lieu de naissance, il avait trouvé un espace où, grâce à des femmes aveugles et inspirées, il pouvait accéder aux esprits de ses défunts parents, tous nés dans la ville d'Hiroshima, se familiariser avec leur goût pour ce lieu qu'il avait rejeté, et apprendre d'eux, dans le secret de cérémonies beaucoup moins officielles qu'une commémoration nationale, ce qu'ils avaient tu pendant une grande partie de leur vie et qui, finalement, avait eu raison de leur santé et de leur silence.

Ressembles-tu à ton père ? à ta mère ? à tes frères et sœurs ? Si oui, souffres-tu de cette ressemblance ? Si non, souffres-tu de cette dissemblance ? Pourquoi et de quoi souffres-tu ?

L'adolescence est une période étrange, une sorte de tunnel qu'on emprunte en espérant passer plus vite de l'autre côté et qui finalement s'avère infiniment long, plein d'obstacles et d'obscurité, a dit Kiyo.

Je cherchais à parler des sectes avec lui mais il avait visiblement choisi d'emprunter une autre voie, et comme la nonchalance que j'avais au départ simulée était devenue une seconde nature, je l'ai laissé parler, attendant patiemment que se dessinent les fragiles fondations sur lesquelles toutes ses paroles et toutes les paroles en général sont édifiées.

Aum ne m'a pas tellement marqué. En revanche j'ai suivi d'assez près l'histoire de ces jeunes meurtriers qui tuent des adolescents, il y a eu pas mal d'affaires de ce genre au Japon. Je me souviens en particulier à la fin des années 90 d'un garçon de quatorze ans qui, à Kobé, ville où j'habitais à l'époque, agressait des enfants un peu plus jeunes que lui et en a même tué et décapité un. Il l'a étranglé, est revenu sur les lieux du crime avec une scie, lui a coupé la tête et l'a déposée devant son lycée. Quand on l'a interrogé sur son mobile, il a dit qu'il se sentait invisible et sans nationalité et qu'il voulait prendre sa revanche sur le système de l'école obligatoire.

J'ai senti que Kiyo considérait ce garçon comme un modèle et un repoussoir, quelqu'un qu'il aurait pu devenir s'il avait laissé ses pulsions meurtrières et ses frustrations se déployer. Après notre entretien, je suis allée consulter sur internet des articles concernant ce jeune A. On l'appelait ainsi parce que la loi japonaise interdit de donner le nom des meurtriers mineurs. Après avoir agressé et tué au moins trois enfants, il avait été incarcéré en 1997 et avait été libéré en octobre 2005. Il avait ainsi passé toute son adolescence dans un centre surveillé d'éducation juvénile, une école obligatoire donc, ce à quoi il avait pourtant tout fait pour échapper.

En réécoutant la voix de Kiyo quelques mois plus tard, je me suis arrêtée sur l'image du tunnel qu'il avait choisie, si adéquate à un pays au relief accidenté, où ces ouvrages d'art creusés dans des montagnes abruptes sont extrêmement nombreux. Grâce à eux, aucun obstacle n'est impossible à franchir, aucune contrainte naturelle ne peut ralentir les déplacements. L'espèce humaine a appris à plier la nature à son immense besoin de circuler et de conquérir.

Le long tunnel que Kiyo avait traversé lui avait permis, à la différence du garçon A., de rejoindre l'autre côté sans laisser de cadavres sur son passage. Mais peut-être que si on devait franchir l'adolescence, non par la médiation d'un tunnel mais seulement d'un chemin qui contournerait les barrières granitiques, serpenterait le long des rivières, suivrait les courbes géologiques et s'adapterait aux accidents de terrain, on apprendrait à apprivoiser un peu mieux notre douloureuse accession à l'âge adulte.

Derrière les portes des appartements japonais, s'appliquent des règles tacites.

Comme les cloisons sont fines et les matériaux de construction légers, mieux vaut chuchoter si on ne veut pas que les voisins s'offusquent.

En raison du risque de séisme, ni armoire ni étagère ne viennent encombrer les pièces.

Des objets disparates jonchent les tatamis, le sol de la cuisine est couvert d'immondices. Il faut bien que le désordre intérieur trouve un exutoire.

Il est recommandé de ne laisser traîner aucune denrée périssable autour de son logement et de bien fermer les fenêtres.

Des singes pourraient s'approcher, entrer dans les foyers, voler de la nourriture, déchirer des vêtements, se déguiser en habitants, prendre des places laissées vacantes.

Il est très rare d'assister à une bousculade dans l'espace public et encore plus rare d'entendre une dispute sur les quais du métro.

L'escalator emporte vers les souterrains des foules compactes autant que discrètes.

Sur les panneaux lumineux qui défilent en permanence à l'intérieur des wagons, il est écrit *Refrain from talking*.

Des autoroutes géantes maintenues dans l'air par des piliers gigantesques strient le ciel en tous sens.

Les GPS, incapables d'intégrer la superposition hors sol de ces voies de communication, n'arrivent pas à distinguer les uns des autres ces immenses rubans de béton suspendus au-dessus du vide.

Contrairement à ce que la voix synthétique propose, il ne faut pas tourner à gauche sous peine de franchir les glissières avant de s'écraser sur le bitume situé à une vingtaine de mètres en contrebas.

Le long des sentiers forestiers, des bouddhas regardent les pèlerins de passage avec le sourire énigmatique de ceux qui ne savent rien.

Pour contempler la beauté il vaut mieux qu'il y ait un cadre.

Entre deux collines abruptes, une araignée a tissé sa toile.

Pour éviter d'avoir à se confier à des espèces volantes ou grimpantes seules capables d'atteindre la cime des plus grands arbres et de révéler ce qu'il y a de l'autre côté, les humains ont construit des ponts gigantesques qui surplombent la canopée et la défigurent.

Pourquoi faut-il que nous ayons envie de tout maîtriser, de tout découvrir, de tout connaître ?

June, de nationalité et d'origine britanniques, a vécu plus de quarante ans au Japon. Elle est arrivée à Osaka dans les années 60, à un moment où, comme en France ou en Grande-Bretagne, les universités étaient secouées par de puissants mouvements de protestation, occupation des locaux et répression armée. Divers groupuscules nés de ces contestations de 68 s'étaient séparés et reformés, avaient orchestré des actions violentes avant d'entrer en clandestinité. Poursuivis par la police, quelques membres de l'une des fractions, l'Armée rouge unifiée, avaient trouvé refuge dans un chalet de montagne, en prenant en otage le propriétaire du chalet. June se souvenait d'avoir vu le dénouement de cette affaire sanglante, le 28 février 1972, à la télévision. Ce jour-là, elle circulait dans un bus avec d'autres étudiants, quand la police avait déclenché l'assaut.

À cette époque on n'avait que la télé. On était dans le bus, on faisait un voyage d'études et on demandait régulièrement au chauffeur de s'arrêter dans les restaurants pour voir sur les écrans le feuilleton en cours. C'était comme un reality-show, ou une série avec épisodes, toutes les chaînes montraient le siège du chalet en direct. Et ç'a été la même chose au moment de l'attentat au sarin. Ce médium si stupide et commercial exerçait un pouvoir fort sur nous parce qu'il était complètement familier.

Pourquoi te souviens-tu de ce que tu faisais exactement le 11 septembre 2001 alors que tu as complètement oublié où tu étais et ce que tu faisais le 11 avril 1994 ou le 6 avril 1992 ? Sais-tu seulement à quoi correspondent ces dates de printemps ?

June m'a longuement décrit le chef de la secte Aum, Asahara, responsable et cerveau des attentats au gaz sarin, un homme hors norme qui s'habillait tout de blanc, tenait des discours à la fois convaincants et fous, et avait ce charisme un peu ridicule des gourous de foire qu'on n'arrive pas tout à fait, jusqu'à ce qu'ils exécutent leurs projets violents, à prendre au sérieux.

Ce gourou, né malvoyant, avait aussi des problèmes mentaux assez sévères, m'a dit June. Les handicapés, qui tentaient de faire entendre leur voix dans un Japon patriarcal et normé, ont été très irrités par le personnage, il mettait à mal leur combat. De mon côté, je travaillais avec les aveugles, j'essayais de proposer des dispositifs pour leur rendre les musées accessibles, et cette histoire a affecté mes projets et a retardé les avancées en matière d'intégration du handicap dans la société japonaise. Je ne sais pas si Asahara a attiré les foules en raison de son handicap, mais ce que je sais, c'est que les Japonais sont à la recherche d'un chef, ils aiment être dirigés, attirés et séduits. Même à mon humble niveau, j'ai connu cette expérience quand je faisais des conférences sur la manière de faire entrer des gens coupés de la culture ou handicapés dans des musées. J'étais suivie par certaines femmes qui me pourchassaient, me révéraient, venaient à toutes mes interventions, m'apportaient des cadeaux et me demandaient quel sens je pouvais donner à leur vie. Asahara a rempli un vide, il a pris la place qu'on lui a donnée. Pourquoi les membres d'un culte décident d'empoisonner la population, on ne se pose pas la question. On se demande comment faire une chose et non pas pourquoi on la fait.

Alors que nous étions lancées dans une discussion sur le pouvoir d'attraction et de nuisance des gourous, l'ambivalence de leur discours, à la fois excessif, ridicule et parfois étonnamment juste, et que nous évoquions plus précisément la trajectoire de ce gourou-là, Asahara, qui avait été candidat malheureux aux élections à la Mairie de Tokyo, et, après son échec, avait organisé un des attentats les plus meurtriers que le Japon ait connu depuis la fin de la guerre, le fils de June a surgi à l'improviste. Cette apparition était tout à fait inattendue et un peu effrayante car ni elle ni moi n'avions été averties de son arrivée. Il donnait le sentiment de connaître tous les faits et gestes de sa mère sans qu'elle l'en ait informé. Après son départ, June m'a expliqué, comme pour s'excuser ou excuser son fils, qu'elle restait en contact permanent avec lui parce qu'il avait besoin de son aide et souffrait de schizophrénie. Elle associait ses troubles à son identité rompue, mixte, indiscernable. Né au Japon d'un père sri lankais et d'une mère britannique, ce garçon grand et brun de peau, dont la présence était aussi intense que dérangeante, ne se sentait, selon elle, ni anglais, ni sri lankais, ni japonais et errait entre des cultures auxquelles il n'appartenait pas tout à fait.

June m'a aussi touché un mot de sa fille, elle aussi née au Japon. Handicapée depuis la naissance, elle était partie en Angleterre à l'adolescence mais avait finalement décidé de s'installer définitivement au Japon où pourtant en tant que femme, handicapée et métisse, elle menait une existence marginale. Pourquoi June n'était-elle jamais retournée dans son pays natal ? Pourquoi avait-elle souhaité rester ici, à l'étranger, où manifestement la vie pour elle et pour ses enfants était extrêmement difficile ? Je n'ai pas osé lui poser la question. J'ai simplement senti que le destin de ses deux enfants, pris dans les difficultés de l'adaptation à une société dans laquelle ils n'arrivaient pas complètement à trouver leur place, justifiait son envie de me parler d'Asahara, ce personnage handicapé qui avait follement défié la société japonaise en conduisant des Japonais à tuer d'autres Japonais. Peut-être qu'elle craignait que son fils ne choisisse lui aussi cette voie et peut-être qu'elle pensait au fond que tout terroriste, plutôt que d'agir au nom d'une cause, est d'abord mû par une douleur, une crainte et une frustration telles que seul un acte spectaculaire et meurtrier peut soulager son désir de toute-puissance et lui donner la postérité à laquelle il aspire maladivement.

Quel est ton souhait le plus cher et s'est-il transformé au cours du temps ? Est-il plutôt tourné vers ton bonheur individuel, vers celui de tes amis, de ton pays, de ton espèce, de tous les êtres vivants ? Quelle place l'autre occupe-t-il dans la réalisation de tes rêves ? Et quelles actions as-tu menées qui ne t'apportaient aucun bénéfice personnel mais relevaient selon toi du bien commun ?

Au milieu de mon séjour, alors que l'anxiété, la frustration et un sentiment indéfinissable de perdition ne me quittaient plus, ma compagne est venue me rejoindre pour passer quelques semaines avec moi. Nous avons décidé de quitter mon quartier général pour Teshima, une ancienne île industrielle assez désolée qui s'est reconvertie dans les expositions d'art contemporain. Là-bas, j'avais l'intention d'aller consulter les « Archives du cœur », une bibliothèque où Christian Boltanski a fait enregistrer les battements de cœur de milliers de personnes, et de visiter l'installation issue de cette bibliothèque, une salle obscure où l'on peut se charger de la vibration amplifiée de quelques-uns de ces battements et associer cette vibration à un flash déchirant les ténèbres. Mon objectif n'était pas seulement de consulter cette bibliothèque et de m'immerger dans l'installation attenante mais aussi d'aller réécouter mon propre cœur, enregistré avec celui de ma compagne, lors de l'exposition Monumenta de 2010. À cette époque-là, nous avions en effet passé une porte pour rejoindre, derrière la nef du Grand Palais à Paris, une petite pièce anonyme. Nous y avions présenté notre pouls l'une après l'autre à un opérateur qui nous avait fait entendre des sons sourds irréguliers et rapides venus de l'intérieur de nos deux poitrines, irrégularité et rapidité sans doute produites par le sentiment même de réaliser quelque chose d'exceptionnel et d'émouvant. Ce moment avait été immortalisé, et on nous avait précisé à l'époque que les « Archives du cœur » en conserveraient la trace.

Nous n'aurions pas imaginé réentendre cet enregistrement huit ans plus tard dans un lieu aussi improbable que cette île perdue de la mer du Japon, mais comme l'occasion se présentait, ma compagne et moi avons souhaité renouer avec notre passé. Pour retarder le moment d'aller écouter notre cœur, qui devait constituer l'acmé et comme le but de ce long déplacement, nous avions prévu de nous rendre d'abord sur les flancs du mont Danyama, dans la « Forêt des murmures », une autre œuvre de Christian Boltanski. Dans un espace protégé et excentré, assez mal indiqué, de petits arbres fins accueillent des carillons qui tintent dans le vent. Sur les troncs de ces arbres pendent des étiquettes sautillantes, assez similaires aux papiers blancs noués aux abords des temples où les Japonais écrivent leurs vœux. Les visiteurs de la forêt peuvent y laisser leur nom ou celui de leur amour. Nous nous sommes accroupies à la hauteur des arbres et avons écouté pendant de longues minutes la brise d'après-midi se plaindre, rire, avertir, et siffler entre leurs troncs minces et miniatures. Nous n'avons pas apposé nos noms sur les étiquettes, gênées sans doute par le sentimentalisme de cette démarche mais, pleines de cette splendeur modeste dont nous nous sentions dépositaires comme si toute la forêt continuait à vibrer en nous, nous avons rejoint la plage reculée où les « Archives du cœur » nous attendaient. Du moins c'est ce que nous croyions. En fait, elles ne nous attendaient pas. Elles étaient même plutôt malintentionnées à notre égard. Elles nous avaient même oubliées.

Un médiateur nous a montré comment faire nos recherches et après avoir fouillé dans les documents numériques mis à notre disposition, nous nous sommes rendu compte que l'ancien enregistrement de nos cœurs n'avait pas été conservé ou qu'il avait été effacé ou qu'une opération numérique quelconque l'avait rendu inaccessible. La nouvelle était en soi anodine mais elle m'a littéralement renversée. Je me suis agenouillée à l'entrée du musée, dans un état de bouleversement complet, et j'ai pleuré pendant de longues minutes. Je ne m'attendais pas à une telle déflagration émotionnelle d'autant que j'avais eu l'impression de vaincre la tension nerveuse des débuts de mon séjour en mettant en place une pratique de la nonchalance jouée, de l'indolence, et du laisser-aller. Tout cela s'est évanoui d'un coup et j'ai été submergée par des larmes beaucoup trop grosses pour moi. Il a fallu un long moment avant que je ne réussisse à reprendre souffle puis à accepter l'idée la plus simple et rationnelle que ma compagne défendait : il suffisait de réenregistrer nos cœurs ici même, à Teshima. J'ai résisté longtemps avant de me rendre à cette évidence, comme si je voulais être entièrement noyée par cet effacement, comme si je voulais regretter encore et encore tout ce qui avait disparu et comme si je voulais me prouver à moi-même que rien ne peut jamais être réparé. Finalement, je suis sortie des archives avec un certificat et un enregistrement CD et ils ont joué, du moins le temps de ce séjour dans l'île de Teshima, le rôle que l'enregistrement de mon cœur huit années en arrière était censé jouer : une consolation, un talisman, l'assurance que l'amour est plus fort que la mort puisque les cœurs, grâce à des supports immatériels, peuvent continuer de battre bien après la disparition de ceux qu'ils ont animés.

Te souviens-tu de la douleur psychique la plus vive que tu aies jamais éprouvée ? Peux-tu dire la nature exacte de cette douleur, sa cause et son nom ? Peut-on d'ailleurs donner un nom à une douleur qui dépasse celui qui y est exposé ? Est-ce que le nom n'est pas ce qui permet de la circonscrire, de la retenir et éventuellement de la calmer ? À quoi, sinon, pourrait bien servir de nommer ?

Sae m'attendait dans une salle de réunion impersonnelle, au premier étage d'un modeste bâtiment situé dans le centre. Comme il n'y avait aucune plaque, aucune indication, aucun nom de rue et aucun numéro, j'ai eu bien du mal à trouver cette salle, ai tourné autour de l'immeuble à plusieurs reprises, puis ai parcouru les trois étages de la cage d'escalier sans succès. À l'idée que je n'allais jamais réussir à rejoindre Sae, j'ai été prise d'une anxiété telle que je me suis mise à crier le nom de mon interlocutrice à chaque étage, d'une voix de plus en plus troublée, méthode sans doute un peu extrême mais qui a eu le mérite de produire l'effet escompté. Une porte s'est ouverte et une femme petite et vive a jailli sur le palier sans manifester l'étonnement légitime qu'elle aurait pu éprouver en entendant ainsi son nom résonner sur les murs nus d'un immeuble insignifiant occupé par des employés de diverses entreprises. Le soulagement éprouvé à avoir vaincu cette première épreuve et à être accueillie dans un bureau pourtant peu hospitalier était, j'en avais conscience, excessif mais je lui étais tellement reconnaissante que je l'ai quasiment prise dans mes bras, ce à quoi elle a réagi avec beaucoup de tact et sans manifester de surprise. Heureusement pour moi, Sae avait vécu plusieurs années en France, où elle s'était passionnée pour la peinture à l'huile. De retour au Japon, elle avait suivi une formation aux Beaux-Arts et malgré les conseils de ses profs de dessin qui lui enjoignaient de poursuivre la peinture à l'huile, elle s'était spécialisée dans la peinture japonaise.

C'est quoi, la peinture japonaise ? ai-je demandé naïvement.

On ne sait pas la réponse, a-t-elle dit en riant. La peinture japonaise exige un usage très précis de matériaux, l'encre de Chine, les pigments, les pinceaux, la colle qui vient de la gélatine des animaux, tout un art qui demande beaucoup de patience. On doit attendre que les produits sèchent, on doit faire bouillir la colle, chaque réalisation prend plusieurs mois, il faut être minutieux plutôt qu'original. C'est très différent de la peinture à l'huile qui est beaucoup plus directe, rapide et qui, au fond, correspondait plus à mon tempérament. Mais justement, j'ai choisi la peinture japonaise pour accéder à la lenteur, pour me calmer, pour prendre le temps. Malheureusement, je n'ai pas complètement réussi, car ce que les autres peignaient en trois mois, je le réalisais en un mois. Bref, je ne suis pas devenue aussi zen que je l'espérais et j'ai fini par abandonner la peinture japonaise.

Quelques semaines après cette rencontre avec Sae, j'ai expérimenté à mon tour l'art du zen. Au Jardin des Mousses où je m'étais rendue sur invitation, on m'avait en effet enjoint, avant de pouvoir flâner dans les allées, de me livrer à la réécriture en idéogrammes d'un texte préécrit au crayon, texte que je devais reproduire en recouvrant les signes crayonnés par leur équivalent à l'encre de Chine. Coincée dans une grande salle donnant sur ce jardin qui m'était refusé, assise en tailleur et penchée en avant, je fulminais intérieurement devant cette obligation à laquelle je ne pouvais visiblement pas me soustraire. Étrangement cette contrainte a eu sur moi un effet tout à fait inattendu. Au bout de quelques minutes, je me suis prise de passion pour cette activité mécanique. Me plonger en toute ignorance dans la calligraphie de ces éléments graciles, fins et aériens, m'a procuré un plaisir inédit. C'est grâce à cette expérience anodine que j'ai compris ce que Sae entendait par peinture japonaise. Apprendre la meilleure manière de tenir mon poignet et de délier mon geste, la variété et la répétition des mêmes signes hermétiques constituait à cet instant tout ce que je souhaitais et comblait absolument mon attente. Le reste n'avait plus aucune importance. Il n'y a rien finalement à attendre que cette chose-là qui la comble en l'annulant.

Pourquoi as-tu si peur de ne jamais arriver à l'heure ? Que se passerait-il si tu étais effectivement en retard ? As-tu déjà été en retard ? Ce retard a-t-il eu des conséquences désastreuses sur la suite ? Crois-tu vraiment qu'on peut arriver à temps ?

J'ai revu Sae une autre fois, chez elle avec son mari et ses enfants. Nous avons évoqué les voyages de Sae en France et les attentats au gaz sarin qui restaient, malgré toutes les bifurcations auxquelles mes rencontres donnaient lieu, le cœur de mon projet. Elle a raconté qu'elle avait appris l'événement un jour où elle prenait son petit déjeuner dans un typique café parisien.

Je regardais la télévision allumée dans un coin quand j'ai vu un cosmonaute sur l'écran. Je me suis doutée que c'était à Tokyo. Comme je ne parlais pas bien le français je ne saisissais pas ce qui se passait. Quelques jours plus tard, j'ai acheté deux chaises bleues magnifiques chez Habitat, des chaises qu'on ne peut pas trouver au Japon. Au comptoir de l'aéroport, l'hôtesse m'a dit que c'était interdit, mais comme je ne comprenais pas ce qu'elle voulait, je ne répondais rien et elle a fini par me laisser passer. Elle a emballé mes chaises et les a enregistrées. Mais quand je suis arrivée à l'aéroport d'Osaka qui venait juste d'être construit, il y avait tout le temps des annonces, attention aux valises et aux bagages bizarres, les gens étaient traumatisés par le gaz sarin. Tout le monde me regardait avec mon énorme paquet plastifié, je représentais visiblement un potentiel danger, cela m'a mise très mal à l'aise.

Après avoir été étrangère en France, deux chaises bleues avaient suffi à rendre Sae étrangère à son propre pays. Et comme, en plus, son récit associait le costume de cosmonaute aux Japonais, j'ai imaginé qu'elle se représentait ses concitoyens avec une certaine distance humoristique comme des malades de l'hygiène pour qui le monde extérieur est assimilable à une planète reculée dont on ne peut approcher que revêtu d'un scaphandre. Je saisissais mieux pourquoi, malgré ses efforts, elle n'avait pas su se perfectionner dans l'art de la peinture japonaise si représentatif d'une manière de penser dont elle se sentait éloignée. Mais si cet art ne lui avait pas appris la patience, il lui avait peut-être servi à cultiver un certain sens de l'inertie naïve, grâce à quoi on arrive parfois à convaincre les douaniers et autres autorités en uniforme de ne pas multiplier les laissez-passer, passeports, formulaires sans lesquels il est désormais quasi impossible de circuler.

Quand tu te représentes le temps qui passe, vois-tu des trotteuses qui tournent inlassablement sur des cadrans, des chiffres qui augmentent sur des écrans à cristaux liquides, ou te représentes-tu plutôt ce passage sur le modèle du compte à rebours tel qu'il est utilisé et dramatisé lors des décollages de fusées partant pour les étoiles 5, 4, 3, 2, 1, *go* ?

Ce jour-là, je ne me souviens pas de beaucoup de choses, seulement de la télévision, a dit Aichiro. J'allume, il y avait plein de gens au milieu de la *business street* qui n'arrivaient pas à marcher, qui vomissaient, qui ne pouvaient plus ouvrir les yeux, c'était comme au cinéma dans un film d'horreur dont on a déjà vu les images, des gens pareils à des zombies titubent dans la rue d'une mégalopole et s'effondrent alors que les bâtiments restent absolument intacts. Il s'est passé exactement la même chose avec la guerre du Golfe, ça a transité par la télé, je me souviens du noir de la nuit et des lumières vertes qui percent les ténèbres, c'était aussi beau qu'un feu d'artifice, un spectacle fictionnel et très imaginaire.

Que faisais-tu quand les tours du World Trade Center sont tombées ? Comment as-tu appris la nouvelle ? À quel moment as-tu vu, sur un écran, les avions s'encastrant l'un après l'autre dans les bâtiments ? Entendu le bruit mat des corps tombant de hauteurs vertigineuses pour échapper au feu ? Quand as-tu eu l'assurance que ce que tu voyais était un enregistrement fidèle de ce qui se passait réellement ?

La terre a tremblé à Kobé et il y a eu des milliers de morts. C'était beaucoup plus fort que les attentats de Tokyo, en tout cas j'en ai un souvenir plus proche. Je me suis déclarée volontaire, j'allais dans les parcs publics, sous les tentes de fortune, je distribuais de la nourriture et tout ce qui pouvait servir dans la vie quotidienne, des choses et des mots de réconfort.

Que fais-tu quand tu vois un colis abandonné sur le quai d'une gare ? Prends-tu le temps d'informer un contrôleur ou agent quelconque s'il y en a un autour de toi ? T'exagères-tu le danger ? Cherches-tu plutôt à le minimiser ? À l'ignorer ? Interpelles-tu toutes les personnes qui t'entourent pour savoir si ce bagage leur appartient ? Ou préfères-tu t'éclipser le plus rapidement possible en laissant planer sur la gare un risque dont tu espères qu'il n'a d'existence que dans ta tête ?

Le 20 mars 1995 n'existe plus en moi, cette journée lointaine est enveloppée dans quelque chose de cotonneux que je n'arrive pas à percer. Quand j'essaye de me remémorer ce qui m'est arrivé, j'ai la sensation d'être dans un trou. Ne reste que l'espèce de peur panique que j'éprouve encore devant les sacs plastique, les wagons de métro et les parapluies.

Que peux-tu dire de particulier sur ta situation exacte lors des attentats de Paris qui ont eu lieu en 1986 et en 1995, au 140 de la rue de Rennes, à la station Saint-Michel du RER B, ou au métro Maison-Blanche ? Peux-tu raconter autre chose que cette inquiétude journalière qui se manifestait par les regards furtifs que tu jetais sous les sièges des rames, aux poubelles, aux colis abandonnés, aux détritus possiblement minés qui jonchaient la grande ville comme ils l'avaient jonchée depuis des lustres sans que tu aies pris le soin de les observer ? Pourquoi demandes-tu à d'autres de fouiller dans un passé que toi-même tu as complètement oublié ? Penses-tu qu'ils sauront le peupler de souvenirs qui ne sont pas les tiens et te donneront ainsi de quoi remplir le vide ? Ou cherches-tu seulement à rencontrer des humains qui comme toi sont paralysés par le manque et qui, plutôt que d'affronter un chagrin insupportable, ont préféré s'affubler d'un masque étanche en vue de repousser leur peine dans les limbes ?

À force de fouiller en vain le passé des autres, j'ai fini par admettre que je ne m'étais pas appliqué à moi-même ce travail d'anamnèse, que j'étais moi aussi floue, vague, que les principales étapes de mon existence s'étaient dissoutes dans le vide et le non-dit. Le temps avait effectivement fait son office, pour moi et pour tous mes interlocuteurs, en retissant ce qui avait été déchiré jusqu'à ce que la trame soit presque parfaitement égale à ce qu'elle était avant. C'est dans ce presque que je cherchais à m'immiscer, le presque était une couture, une cicatrice, la marque fine et touchante d'une réparation ancienne qu'il s'agissait de mettre au jour ou de lever, comme on dit d'une proie qu'on la lève, la faisant sortir de son terrier pour la traquer, la viser et l'abattre.

N'y avait-il pas quelque chose de malsain dans cette entreprise ? Traquer la proie sur ses propriétés, pourquoi pas, mais le faire sur le territoire des autres, quel sens cela pouvait-il avoir et de quel droit m'y employer ?

J'essayais de me rassurer en alléguant l'art japonais du *Kintsugi* 金継ぎ qui consiste à réparer avec de l'or les porcelaines ébréchées ou brisées, je me disais que je voulais montrer cet or-là, qui magnifie les restes et les débris mais je savais bien que je me racontais de petites légendes pour surnager. Peut-être que je n'arrivais pas à accepter la tranquillité manifeste qu'on peut acquérir après un bouleversement. Que je n'étais pas tranquille, que je ne le serais jamais ou, pire, que je ne voulais pas l'être. Que la colère ou la déception éprouvée devant mes interlocuteurs tenait à l'impuissance dans laquelle j'étais d'accéder au détachement. Peut-être que j'étais allée au Japon pour comprendre ce qui n'allait pas, ce que je n'arrivais pas à admettre, à lâcher, ce qui me hantait, ce qui ne cicatrisait pas. Peut-être même que je le savais.

Yuki a longtemps échangé avec moi par mail afin d'organiser notre rencontre. Elle était très préoccupée par le lieu où nous pourrions nous retrouver et les propositions simples que je lui faisais ne semblaient jamais convenir. J'avais l'impression qu'elle craignait quelque chose mais quoi, j'aurais été incapable de le dire. J'appréhendais un peu cette rencontre avec une femme qui me paraissait compliquée et j'ai décidé de la laisser choisir la date, l'heure et le lieu de notre rendez-vous pour ne pas la mettre en difficulté. Nous nous sommes retrouvées derrière le quartier de la gare. Yuki, à ma grande surprise, était accompagnée de deux de ses amies qu'elle ne m'a pas présentées tout de suite. Elle nous a conduites dans une salle qu'elle avait louée à l'intérieur d'un petit immeuble sans charme. Nous avons passé une porte cochère puis une porte vitrée. Yuki a récupéré une clef dans une boîte aux lettres codée et, comme si nous nous rendions à une cérémonie secrète, elle a traversé à pas feutrés divers couloirs, escaliers et portes closes avant d'arriver à destination.

La salle était minuscule et sans fenêtres, murs blanc

crème, chaises de bureau pliantes, table ronde en formica autour de laquelle nous tenions à peine. L'ambiance qui régnait là était indéfinissable. On entendait par les murs mitoyens des bribes de conversations et tout le bâtiment bruissait de paroles chuchotées comme si nous nous trouvions dans une sorte de *business hotel*, un équivalent pour le secteur tertiaire des *love hotel* où des couples illégitimes se donnent rendez-vous pour une heure ou deux avant de rejoindre leurs foyers respectifs. Mais dans le cadre du travail, quel type de réunion pouvait nécessiter ces lieux anonymes et secrets ? Est-ce que les employés s'y réunissaient pour imaginer la création d'un syndicat, est-ce qu'ils y complotaient contre l'un de leurs collègues ou contre un chef trop exigeant, autoritaire ou malintentionné ? S'y rendaient-ils parce que les locaux de leur bureau étaient trop exigus ? Impossible de savoir exactement à quoi ces salles pouvaient bien servir, et mon étonnement était tel que je n'ai pas eu la présence d'esprit, à la fin de la soirée, de questionner Yuki sur les usages de ces lieux interlopes et sans âme.

Yuki m'a enfin présenté Keiko et Miki, qu'elle connaissait depuis le collège. J'ai pensé qu'elle avait craint le tête-à-tête et avait cherché à faire diversion en transformant notre entretien en conversation à plusieurs. En fait, il s'agissait de tout autre chose. Elle s'est adressée à Keiko en japonais et lui a fait un signe d'encouragement. Keiko a hoché la tête sans rien dire puis, devant l'insistance de son amie, a fini par se tourner vers moi et par prendre la parole.

J'ai été proche d'un membre de la secte Aum, je l'ai bien aimé.

La phrase est restée en suspens longtemps, longtemps nous avons entendu, à travers les cloisons de la pièce, d'autres conversations secrètes que seuls des murs anonymes loués pour la circonstance pouvaient absorber.

Plus tard, dans un souffle, presque sans remuer les lèvres, Keiko a continué.

C'était un jeune chimiste de vingt-cinq ans. Comme lui, je faisais des études poussées et comme lui j'aurais souhaité devenir chercheuse à l'université. Mais les places étaient chères et, finalement, ni lui ni moi n'avons pu accomplir notre rêve.

Le récit de Keiko était troué de silences, poudre d'or délicatement appliquée sur les brisures et morceaux épars qu'elle avait décidé pour elle et pour nous d'assembler. Il nous fallait patiemment attendre que son assemblage prenne forme, que le liant entre les fragments sèche et que l'objet qu'elle voulait nous offrir retrouve sa forme ancienne.

Je le voyais chaque année, lors d'un grand congrès de chimie qui avait lieu à Tokyo. Nous passions trois ou quatre jours ensemble, buvions des bières et discutions avant de nous séparer.

Une année, il n'est pas venu.

J'ai demandé à ses amis où il était, ils m'ont répondu qu'il était parti faire du yoga en Inde. Je ne savais pas du tout qu'il s'intéressait à ça, il ne m'en avait jamais parlé. L'année suivante, j'ai appris qu'il était entré dans la secte, ce qui m'a beaucoup surprise même si je n'y ai vu aucun danger. À l'époque Aum semblait plutôt pacifique.

Après 1995, j'ai appris qu'il avait été un des organisateurs, un membre important, un proche d'Asahara.

Ç'a été un choc pour moi parce que c'était un garçon gentil, drôle, attirant.

Il a été emprisonné et n'a jamais manifesté de remords pour ses actes.

J'ai un moment pensé à le contacter.

Finalement je ne l'ai pas fait.

Ç'a été assez difficile pour moi.

Il vient d'être exécuté.

C'était mon ami.

Le récit de Keiko s'est arrêté là. L'objet qu'elle avait préparé pour nous, entièrement reconstitué grâce à ses paroles, était posé sur la table en formica de cette salle sans charme. Nous avons regardé cette porcelaine fragile et invisible sans rien dire. Puis Yuki nous a fait signe qu'il fallait partir. Elle avait pressenti qu'il serait difficile de se séparer juste après nos échanges et avait réservé un restaurant où nous avons passé le reste de la soirée.

Attablée avec notre groupe devant des plats variés, Keiko semblait toute différente. Elle avait refermé la parenthèse constituée par son récit et parlait d'un ton enjoué de ses deux mariages successifs et de ses deux divorces successifs. Ses deux amies n'étaient pas au courant. Entraînée par cette confidence, Yuki a raconté à son tour que depuis plusieurs mois, elle voyait un homme avec qui elle avait une relation intermittente et ses deux amies n'étaient pas au courant. Malgré des années d'une amitié fidèle et attentive, elles n'avaient jamais parlé de leur vie amoureuse. Que se disaient-elles lorsqu'elles se voyaient ?

Peut-être avais-je servi à ces trois femmes d'intermédiaire pour qu'elles puissent, dans une langue étrangère, évoquer des émotions qu'elles avaient jusque-là pris soin de taire. Mais peut-être aussi que cet épisode de confidences, détaché de leur mode d'interaction habituel, resterait unique, et serait recouvert par leur manière ancienne d'éprouver leur amitié. Ces trois femmes m'avaient en tout cas appris que l'amitié prend des formes très diverses et peut parfois se nourrir de la seule présence à l'autre, que la parole n'y est pas forcément une nécessité impérative et qu'il y a d'autres moyens, indicibles, de manifester son attachement à quelqu'un. La location par Yuki de la pièce anonyme dans un immeuble sans charme derrière la gare de Tokyo, un lieu neutre à l'écart des regards où parler et pleurer devenaient possibles, était l'une des manifestations, à la fois discrète et sensible, de cet attachement.

Qui sont tes amis ? As-tu des amis ? Comment sais-tu qu'ils sont tes amis ? As-tu peur de perdre tes amis ? Pourquoi perdrais-tu tes amis ? Comment as-tu perdu tes amis ?

J'avais définitivement vaincu le syndrome du ventilateur, du moins il ne m'empêchait plus de me déplacer en ville. J'étais d'ailleurs passée de l'inertie au mouvement perpétuel. Pour éviter des déconvenues et des errances, je préparais chacune de mes excursions en m'abîmant dans les applications GPS, en déplaçant sur le Google Street View de mon ordinateur la petite flèche qui me permettait de simuler à l'avance mes déplacements et prévoir le type de bâtiments que j'allais croiser, l'endroit exact où il me faudrait bifurquer. Je contournais toutes les zones blanches qu'aucune caméra n'avait couvertes et m'en tenais aux axes visibles et répertoriés, ce qui limitait mon champ d'investigation. Je compensais cette contrainte en m'arrêtant dans de petits bars de quartier et j'essayais de m'imprégner des conversations dont tout m'échappait mais que j'écoutais avec attention, presque avec ferveur. L'un de ces bars était tenu par Seiko. Intriguée par ma présence et sans doute aussi par la fréquence de mes visites, elle m'a expliqué que ces bars étaient presque toujours tenus par des femmes, des *mama-san*.

Nous y jouons un peu le rôle de psy. Les gens, surtout des hommes, y viennent pour parler. Ils ne peuvent pas dire certaines choses à leur femme, alors ils se saoulent au comptoir, sortent ce qu'ils ont à sortir. Ils se pardonnent à eux-mêmes leurs erreurs et leurs manquements jusqu'à la cuite suivante. Une règle tacite veut que personne ne fasse la moindre allusion hors contexte à tout ce qui a pu y être échangé sous l'emprise de l'alcool. Quand on n'a personne d'autre que soi pour se pardonner, on est obligé de réitérer souvent l'expérience du comptoir, et c'est comme ça qu'on devient alcoolique.

Seiko avait le sens de l'humour et aussi sûrement du commerce, elle m'a fait découvrir les multiples textures et goûts du saké. Cela ne m'a pas fait accéder à la psyché des buveurs installés autour de moi mais a constitué une forme de réconfort, être là au milieu des voix et des rires dans un pays dont le silence pesait, de sorte que, sans utiliser le comptoir comme confessionnal en raison de l'obstacle créé par la langue et aussi sans doute par ma confusion intérieure, j'ai fréquenté assidûment l'échoppe de Seiko et m'y suis régulièrement saoulée.

Au retour de l'une de mes expéditions chez elle, j'ai vu pour la première fois quelqu'un assis par terre et dont les paupières étaient closes. Prise d'une inquiétude vague, je me suis approchée et j'ai demandé si tout allait bien. L'homme d'âge indéfinissable a ouvert des yeux très brillants, j'ai pensé qu'il avait peut-être pris des produits hallucinogènes pour que ses yeux aient cette vivacité incroyable, j'ai eu un mouvement de recul. Il m'a attrapé le bras et il a chuchoté quelque chose à mon oreille puis il est parti d'un grand rire qui a découvert une bouche étonnamment saine, de très belles dents blanches régulières alors que dans sa position et son état je me serais plutôt attendue à un homme édenté et malade. Au lieu d'essayer de me dégager, j'ai accepté cette étreinte ferme et impérieuse, c'est si rare ici d'être empoignée ou seulement touchée. Je me suis assise à ses côtés. Je crois qu'il a été surpris de ma réaction. Je lui ai redemandé si tout allait bien dans toutes les langues et baragouins que j'avais à ma disposition. Il a fait oui de la tête, a montré mon doigt encore entouré d'une poupée comme s'il interrogeait les raisons de ma blessure puis il a ri encore d'un rire que j'ai trouvé forcé en m'indiquant de la main une direction et en hochant la tête avec insistance. C'est là que vous devez aller, a-t-il dit dans un anglais étonnamment clair. Je lui ai demandé : où ? où exactement ? Mais il n'a rien ajouté. Je suis restée à ses côtés le temps de voir s'il allait préciser son conseil. Mais il n'a plus desserré les lèvres et il a caché à nouveau ses yeux brillants derrière ses paupières, comme s'il se retirait en lui-même ou simulait la mort. Je n'ai pas osé le relancer.

Au bout d'un moment, je me suis levée et j'ai regagné mon logement. J'ai changé mon pansement qui était désormais presque sec et ne suintait plus, j'ai inspecté la petite entaille refermée que j'avais moi-même inscrite sur mon corps pour accélérer ma guérison. J'ai appuyé pour m'assurer que l'infection était désormais vaincue, les lèvres de la blessure se sont légèrement écartées et un peu de sang a jailli. J'ai appliqué une compresse et l'ai pressée sur l'entaille à l'aide d'un sparadrap propre. Je me suis dit que l'homme que j'avais rencontré me reconnaîtrait à ce pansement, et qu'il fallait donc que je le garde bien qu'il soit désormais un peu disproportionné par rapport à la plaie. Je n'ai pas pensé qu'il me reconnaîtrait aussi parce que j'étais une étrangère. S'il avait décidé de m'indiquer le chemin, il reviendrait un jour ou l'autre s'asseoir ici à quelques centaines de mètres de chez moi.

Chaque fois que je suis passée là où je l'avais vu, j'ai ralenti le pas dans l'espoir de le revoir assis dans ce coin qui n'était pas un coin mais seulement la continuation asphaltée de la rue et où personne n'était invité à s'installer parce qu'il n'y avait ni ombre, ni banc, ni renfoncement, ni tas de feuilles ou d'herbes qui auraient justifié un tel désir. J'ai quitté le Japon sans l'avoir revu et donc sans savoir où je devais aller.

T'est-il déjà arrivé de raconter un événement intime que tu avais tu jusque-là à un parfait inconnu ? Quel effet a eu cet aveu sur toi ? As-tu éprouvé de la honte ? Ou ton sentiment était-il plutôt assimilable à une délivrance ?

Je cherchais à joindre Yasuyo depuis plusieurs semaines mais il restait insaisissable. Il m'appelait une fois du Canada, une autre fois de New York et m'assurait qu'il allait prochainement revenir mais il différait à chaque nouveau coup de fil de sorte que j'avais le sentiment qu'il n'accepterait de se poser que le jour de sa mort (et encore). Je savais qu'il avait été victime des attentats au gaz sarin mais bien que j'aie décidé de ne m'entretenir qu'avec des gens qui n'avaient pas été directement touchés, faisant confiance à une sorte d'intuition vague, j'avais eu envie de faire exception avec Yasuyo. Sa manière de me parler, intense, directe, tout à fait différente de celle dont j'avais pris l'habitude depuis que j'étais installée au Japon, m'intriguait. Nous avons fini par nous retrouver dans un self-service de la banlieue de Kyoto.

Coiffé d'une casquette américaine dont la visière était tournée vers l'arrière et habillé d'une épaisse chemise à carreaux comme en portent les *farmers* du Midwest (du moins tels que je les imagine sans en avoir jamais fréquenté), il avait une allure décontractée, assez extravagante en comparaison de la mise de mes autres interlocuteurs, qui semblaient penser que nos entretiens nécessitaient un peu de cérémonial et que ce cérémonial passait entre autres par une tenue stricte ou élégante. Malgré sa nervosité et son incessante mobilité, c'est incontestablement avec lui que j'ai passé le plus de temps sans bouger de ma place et sans qu'il bouge de la sienne, aimantés que nous étions, lui, par son goût tout à fait évident du récit de soi, et moi par les histoires foisonnantes et contradictoires qu'il m'offrait, à l'intérieur desquelles il aurait sans doute fallu, si j'avais été journaliste, essayer de démêler le vrai du faux. Je me demandais par exemple s'il ne mettait pas sur le compte de l'attentat des symptômes et dysfonctionnements psychologiques dont on pouvait penser qu'il en avait toujours été victime. Il me rappelait l'un des membres de ma famille, qui depuis l'âge de vingt ans oscillait entre des moments d'exaltation pendant lesquels il mettait sa vie en danger à force de croire à sa toute-puissance et de longues périodes d'abattement où une ombre terrible venait grignoter son énergie vitale et menaçait de l'emporter.

Je croyais être plus clairvoyante et maligne que Yasuyo mais je me trompais. Il m'a expliqué avec une sincérité qui m'a émue que le gaz sarin n'avait été qu'un révélateur.

Il a joué exactement le même rôle que l'eau pour une plante, a-t-il dit, il m'a permis de grandir. Quelque chose qui était en sommeil depuis mon enfance a craqué au moment de l'attaque. Il a révélé en moi des failles qui étaient là depuis toujours et que j'ai utilisées ensuite dans mon travail. Même si ça peut paraître choquant, je suis devenu ce que je suis et ce que je voulais être grâce au gaz sarin.

J'ai admiré la lucidité de Yasuyo et je l'ai mise en relation avec les failles sismiques dont tout le monde ici me parlait avec ferveur et presque avec révérence. Je me suis dit que là où mes autres interlocuteurs se cachaient derrière l'évocation des séismes et des catastrophes naturelles pour éviter de montrer qui ils étaient, Yasuyo n'hésitait pas à exposer ses faiblesses et à en faire le sujet explicite de notre rencontre.

Je revois Yasuyo, dont le rire est entré pleinement en moi, Yasuyo le clown, Yasuyo le bouffon, qui a décidé que sa blessure était antérieure aux attentats, qu'elle était plus ancienne, que le statut de victime qu'on aurait pu lui octroyer n'aurait rien résolu, ne lui aurait offert ni la possibilité de s'extraire de sa douleur, ni de trouver en lui la force de comprendre voire de pardonner. Je me suis demandé si j'aurais pu être aussi lucide et aussi sincère que lui, si j'aurais osé formuler quelque chose d'aussi simple et d'aussi scandaleux à mes propres yeux, sur la faille contre laquelle ou plutôt grâce à laquelle on grandit, sur les traumatismes dont on souffre mais sans lesquels, puisqu'on les a traversés, on ne serait pas vraiment soi-même et qui à force d'être accolés à chacun de nos gestes, à chacune de nos phrases, à toutes nos pensées, finissent par être si constitutifs de nous-mêmes qu'on ne supporterait pas d'en être privés.

Si tu devais te suicider, quelle méthode choisirais-tu pour le faire ?

L'histoire de Yasuyo ne s'arrête pas là. Depuis l'attentat dont il avait été victime à Tokyo le 20 mars 1995, il s'était lancé dans une carrière de cinéaste et surtout, il avait consacré une grande partie de son temps à travailler sans relâche avec les membres de la secte responsables de son état. Il avait cherché à les approcher, avait réussi à en rencontrer certains, était parti caméra au poing avec un ancien camarade de collège qui en était membre. Animé par une pulsion, un désir de comprendre, il était allé plus loin encore. Malgré l'opposition de ses proches et la réprobation générale qu'avait suscitées son choix, il s'était marié avec une ancienne adepte, avait passé des jours, des mois, des années, à discuter avec elle d'Aum, à essayer de la convaincre qu'elle s'était trompée.

On parlerait aisément du syndrome de Stockholm pour un parcours comme le sien mais cette expression facile ne donnerait qu'un aperçu stéréotypé du chemin que Yasuyo a parcouru en direction de ceux qu'il aurait pu considérer comme ses ennemis. Côtoyer et aimer celle qui a choisi le camp adverse était sans doute nécessaire pour être capable, ne serait-ce que quelques instants, de trouver la clef de cette drôle d'adhésion à des actions violentes. Au lieu de rejouer la haine, la peur, la rage et le sentiment d'injustice que le ressassement des événements aurait pu provoquer en lui, il voulait soustraire ses souvenirs traumatiques à l'adversaire et en devenir le seul maître. Peut-être qu'en aimant une femme qui avait accepté d'entrer dans le terrorisme, il refusait aux membres de la secte le statut d'ennemi, statut sans lequel ils n'étaient rien dès lors que le discours mis en œuvre par cette organisation en particulier et par le terrorisme en général repose sur une logique de guerre. Épouser une membre de la secte était donc bien une action politique visant à faire disparaître l'adversaire en tant qu'adversaire et ainsi à en annihiler le pouvoir corrosif. Mais Yasuyo n'avait pas réussi à tenir ce pari, il avait fini par divorcer. Sans héroïsme particulier et avec les seuls moyens de la parole, Yasuyo avait tenté l'impossible mais Yasuyo avait échoué.

Si on t'enfermait pour un temps indéterminé et dans une totale solitude, sans contact avec l'extérieur, mettrais-tu toute ton énergie à essayer de comprendre qui a mis en œuvre ta séquestration et pourquoi ? Ou alors, renonçant au pourquoi, chercherais-tu en toi des moyens de supporter l'avenir ? Compterais-tu les secondes, les minutes, les heures ? Essayerais-tu d'énumérer dans ta tête tous les pays que tu as visités ? Tous les gens que tu as connus ? Parcourrais-tu en esprit tous les logements que tu as habités et toutes les pièces de ces logements ? Regarderais-tu les moindres aspérités de ta cellule, les moindres changements de lumière ? Et comment procèderais-tu si on te retenait dans le noir ? À quel type d'exercice mémoriel te livrerais-tu alors pour ordonner et rythmer les ténèbres ?

J'ai rencontré Mitsuko dans un self-service si animé que, quand j'ai voulu réécouter notre entretien, je n'entendais rien de ce que nous nous étions dit. Cela m'a d'autant plus contrariée qu'elle était entrée dans des détails généalogiques et personnels grâce auxquels elle s'expliquait à elle-même les effets dévastateurs que les attentats et autres événements majeurs survenus au Japon avaient eus sur sa famille. Nous avons commandé des *ramen*, ce qui nous obligeait à aspirer bruyamment les pâtes et faisait fondre notre timidité.

Le jour des attentats, c'est un trou, comme si les événements étaient floutés par une nasse de coton. Rien ne peut percer cette nasse, sauf la phobie que j'ai ensuite développée des sacs plastique, des parapluies et des couloirs, m'a-t-elle dit. J'ai continué à fonctionner comme si rien n'était arrivé. Mais plusieurs fois dans ma vie, les visions sont revenues. Une première fois en mars 2012, au moment de Fukushima, quand brusquement, en voyant Shibuya, le cœur de ma ville natale éteint, Shibuya sans les enseignes lumineuses, les publicités géantes et les éclairages publics, j'ai compris que toute ma jeunesse s'était évanouie d'un coup, que le paysage de mon enfance avait été grisé et qu'on lui avait enlevé toutes ses couleurs. Une deuxième fois lors des attentats de novembre 2015 à Paris. Comme toute bonne petite Japonaise préparée aux catastrophes, depuis l'enfance, j'ai tranquillement pris mon kit de survie (coussin, chapeau, sifflet, baskets et biscuits) avant de m'engouffrer dans le métro parisien et de constater que mes visions, parapluies, sacs plastique crevés, couloirs interminables et désertés où on entend seulement le claquement de talons hauts, s'étaient ravivées. C'est aussi à ce moment-là, en novembre 2015, que mon fils a commencé à souffrir de violentes migraines. Aucun traitement ne pouvait venir à bout de ses douleurs et nous avons erré de service de pédiatrie en service de neurologie sans trouver aucun remède à son mal. Il a fallu que, deux ans plus tard, un psychothérapeute lui demande s'il avait des souvenirs de l'explosion de Fukushima pour qu'il raconte que le 12 mars 2011 dans son école maternelle, à Paris, alors qu'il avait seulement cinq ans, ses camarades de classe lui avaient annoncé qu'une centrale japonaise avait explosé et que toute sa famille avait sûrement été ensevelie par la grande vague. Il s'est souvenu qu'il s'était roulé par terre et avait littéralement hurlé de chagrin. Et quatre ans plus tard, en 2015, au moment de l'attentat du Bataclan, des maux de crâne épouvantables se sont déclarés. Grâce à un tiers, nous avons pu faire le lien entre ces deux événements et dénouer l'angoisse qui s'était emparée de mon fils. Je lui ai expliqué que je ne prendrais jamais de risque inconsidéré, que, dans la mesure du possible, je serais toujours vigilante pour moi et aussi pour lui. Je lui ai promis que je ferais le maximum pour survivre même si je ne pouvais le lui garantir parce qu'il y a des choses qu'on ne peut pas maîtriser. Après cette déclaration, faite solennellement devant témoin, les maux de tête de mon fils se sont atténués, puis ont disparu. La promesse que je lui ai faite l'a définitivement rassuré.

J'ai médité cette expérience de Mitsuko, moi qui, lors de mon adolescence, n'avais pas été capable d'utiliser la parole pour apaiser une douleur trop grosse pour moi, qui avais eu peur, en l'exposant, de la salir, et qui avais préféré l'enfermer dans un coffre hors de portée jusqu'à découvrir des décennies plus tard que ce séjour à l'abri de toute lumière et de tout échange, au lieu de la conserver intacte et pure comme la trace indubitable de ce qui avait eu lieu, l'avait au contraire rendue méconnaissable et quasi indétectables les événements qui l'avaient déclenchée. La parole est peut-être une monnaie de singe, elle véhicule des demi-mensonges et des demi-vérités mais c'est parce qu'elle vole, installe de l'air entre les choses et nous, entre les gens et nous, nous transmettant le mouvement de la plume et du vent, qu'elle contrebalance et corrige la gravité.

As-tu déjà rompu une promesse ? Était-ce une promesse que tu t'étais faite ou une promesse que tu avais faite à quelqu'un ? Pourquoi avais-tu fait cette promesse et pourquoi l'as-tu rompue ?

Monsieur Imamura m'a contactée la veille de mon départ. Il était de passage pour affaires et avait pris une chambre dans un hôtel situé juste à côté de mon appartement. Il souhaitait me rencontrer pour parler des attentats au gaz sarin. Fatiguée par des mois de rencontres, de discussions et d'échanges plus ou moins fructueux, et occupée à préparer mes bagages pour mon retour du lendemain, j'ai décliné son invitation. Mais il est revenu à la charge, a réussi à me joindre par téléphone et a été si pressant que j'ai fini par céder et même par éprouver une certaine curiosité à l'égard d'un homme qui, contrairement aux habitudes japonaises, semblait déterminé à déranger tous mes plans pour me parler. Je lui ai donné rendez-vous dans le lobby situé au premier étage de mon immeuble.

La nuit était tombée, des lumières indirectes permettaient de voir l'enfilade des ouvertures, des vitres, des escaliers, ce spectacle d'une modernité sans aucune aspérité qui correspond à la fois au cliché des images de science-fiction et à celles, bien réelles, de notre futur immédiat. On avait l'impression, dans ce décor, que la moindre particule vivante ferait tache, constituerait une scorie dans la tranquillité minérale du lieu. L'ascenseur a émis son barrissement éléphantesque et les portes se sont ouvertes sur la silhouette d'un homme d'une cinquantaine d'années dont j'ai complètement oublié le visage. Nous nous sommes installés dans la pénombre de cet espace intermédiaire, qui n'était ni tout à fait dehors ni tout à fait dedans et où étaient censés passer tous les résidents des appartements. Mais il était tard et personne n'a traversé les couloirs ni pris l'ascenseur pendant la durée de notre entretien. Je n'avais pas pensé que la minuterie du lobby s'éteindrait régulièrement et si, dans les premières minutes, je me suis levée plusieurs fois pour rallumer le plafonnier qui éclairait notre zone, au bout d'un moment j'ai préféré renoncer afin de ne pas déranger le flux de pensée chaotique de mon interlocuteur. L'entretien, d'abord interrompu par mes allées et venues, s'est donc presque entièrement déroulé dans le noir de sorte que, pour décrypter ce que disait monsieur Imamura, je n'avais pas à ma disposition les expressions de son visage, seulement les inflexions de sa voix.

Dès que nous nous sommes assis, monsieur Imamura s'est lancé dans un récit assez embrouillé qui portait sur ses souvenirs des attentats de Tokyo, souvenirs qui visiblement continuaient à le préoccuper sans que je comprenne très bien pourquoi. Je ne sais pas si ma difficulté à saisir les implications personnelles de ses confidences tenait à mon état (les veilles de départ sont toujours pour moi des moments où les perspectives pratiques, retard du vol, oubli de telle ou telle formalité, problèmes liés aux déplacements, paralysent ma capacité à toute autre activité de pensée) ou si son usage de l'anglais altérait ses aveux, ou s'il bégayait, ou si la nuit engloutissait la syntaxe et l'ordre de ses idées (et des miennes). Tout ce qu'il disait était troué d'hésitations, de corrections, et j'étais prise dans le filet étrange de sa parole comme dans une toile d'araignée. J'ai fini par comprendre que le jour de l'attentat à Tokyo, il voyageait pour son travail et l'un de ses clients lui avait appris qu'il y avait un *accident* dans le métro. De retour chez lui, il avait regardé la télévision et essayé d'obtenir de plus amples informations sur ce qui s'était passé exactement.

Je ne voyais pas ce que ce petit développement avait de si particulier, il m'apparaissait, comme le salon où nous nous trouvions, lisse et régulier. J'ai laissé le silence s'étirer, par paresse, espérant sans doute que cela mettrait fin à cet entretien absurde.

Je suis marié, a dit brusquement monsieur Imamura après un temps qui m'a semblé très long.

Très bien, ai-je répondu bêtement.

Ma femme et mes enfants vivent à Taïwan.

Très bien, ai-je répondu bêtement.

Avant je vivais avec eux, mais je suis revenu.

J'ai continué à assentir tout en pressentant qu'il y avait là une petite vibration, liée sans doute pour moi à cette île lointaine, Taïwan, mais aussi au bizarre hiatus entre la première partie de ce récit et la seconde. Qu'y avait-il de commun entre ces deux mondes, les attentats au gaz sarin et l'île de Taïwan ?

J'avais une amie qui travaillait dans une agence et elle était à Tokyo ce jour-là, sur les lignes qui ont été impactées par l'attentat.

Je ne voyais toujours pas comment on passait de Taïwan à Tokyo et d'une vie conjugale à une amie dans une agence.

Je n'ai pas pu la contacter parce qu'à l'époque il n'y avait pas de téléphone portable ou d'internet. Nous échangions surtout par courrier. Je n'ai pas eu de nouvelles d'elle après l'attaque.

Je commençais à voir apparaître les raisons de cet entretien, une histoire non achevée, ouverte à tous vents, insoluble, le fantôme d'une femme entre deux états, dont l'énigmatique disparition était restée irrésolue depuis plus de vingt-cinq ans.

Vous n'avez pas essayé de la joindre ?

Non.

Monsieur Imamura m'a regardée comme si j'avais été en mesure de lui dire si oui ou non son amie avait été tuée ou blessée le jour des attentats de Tokyo. Ou si elle avait profité de ce moment de terreur pour ne plus donner signe de vie. Il pensait peut-être que j'avais à ma disposition la liste complète des victimes, que j'étais une journaliste informée, susceptible de l'aider et d'entamer, vingt-cinq ans plus tard, une recherche sur une femme qu'il avait sans doute clandestinement aimée.

Pensez-vous que je puisse la retrouver ? m'a-t-il timidement demandé.

J'ai été saisie par sa question si directe, et presque brusque. Je ne comprenais pas pourquoi il me demandait ça à moi. Il devait se douter que je ne connaissais rien aux arcanes administratifs et policiers de son pays. Quel rôle accordait-il donc à notre entretien ? Que pouvais-je ou aurais-je pu lui dire pour satisfaire son désir, apaiser son anxiété, intacte depuis vingt-cinq ans ? Comment lui suggérer d'aller se renseigner alors qu'il était resté immobile pendant toutes ces années, attendant, comme moi dans mon studio, que la bête, sous la forme d'un cadavre ou d'une femme ou d'un insecte aux pattes trop nombreuses pour être honnête ne surgisse à l'improviste réglant par son seul surgissement les multiples interrogations que le temps chaque jour exhume et chaque jour engloutit. Sa question n'était donc ni technique ni pratique, elle avait pour rôle d'établir le lien, d'avouer une faute, de nommer une douleur ancienne et lancinante.

Êtes-vous allé voir la police ? ai-je demandé prudemment.

Monsieur Imamura a feint la surprise.

Pourquoi l'aurais-je fait ?

Je ne sais pas. Pour savoir.

Savoir quoi ? a-t-il répondu avec une certaine agressivité.

Je n'ai pas osé aller plus loin dans les hypothèses et les déductions. Pour détourner son attention, je lui ai raconté que pendant une partie de mon séjour ici, j'avais craint la présence de scolopendres dont on m'avait dit que leur morsure pouvait être mortelle.

Il a esquissé un sourire indulgent.

LUI : En avez-vous vu ?

MOI : Seulement le premier jour.

LUI : Le premier jour est le meilleur, c'est celui où tout est possible. Mais on vous a menti, les scolopendres ne mordent pas, ou rarement, et leur morsure n'est pas mortelle.

MOI : Pourquoi m'aurait-on menti ?

J'étais désormais celle qui posait les questions et attendait avec avidité les réponses.

LUI : Pour déplacer vos craintes. Leur donner une forme et une existence concrètes.

Sa réponse, si posée et si articulée, m'a un peu irritée.

MOI : Y a-t-il des veuves noires en ville ?

LUI : Je ne peux déterminer au visage d'une inconnue si elle est veuve ou non. La tradition veut que les endeuillés s'habillent plutôt en blanc.

MOI : Je voulais parler des araignées.

LUI : Ah les araignées. Oui, il y en a.

MOI : Est-ce qu'elles mordent ?

LUI : Presque jamais. Mais quand elles le font, vous courez un grand danger.

MOI : Dans quelles circonstances mordraient-elles ?

LUI : Quand vous déchirez leur toile.

MOI : On m'a dit qu'elles étaient inoffensives. Pourquoi m'aurait-on menti ?

Monsieur Imamura ne m'a pas répondu, ni ne m'a laissé protester ou argumenter. Au milieu de notre échange, il s'est brusquement levé, m'a saluée et s'est dirigé vers l'ascenseur qui a émis un barrissement auquel j'étais désormais habituée, qui ne me réveillait plus à deux heures du matin, ne me conduisait plus à circuler dans les étages à la recherche de celui ou celle qui en actionnait le mécanisme. La nuit était profonde et la salle faiblement éclairée. Monsieur Imamura a été happé par les portes de la machine qui se sont automatiquement ouvertes et automatiquement refermées sur son corps droit et son air impassible. Le bouton d'appel a clignoté un moment dans la pénombre du lobby tandis que sur les parois lisses des portes se relayaient les ombres et les lumières vagues que le métal réussissait à capter et à renvoyer. J'ai entendu des pas du côté de la grande terrasse qui jouxtait le salon d'attente où monsieur Imamura et moi avions conversé. Mais je n'ai vu personne. Je suis restée dans le noir. J'ai guetté. Quoi ? Je ne le savais pas. J'étais abattue, vaguement anxieuse, comme si j'attendais quelque chose qui n'avait pas encore eu lieu et qui, sans doute, n'aurait jamais lieu maintenant.

Quand je suis remontée dans mon appartement, situé à l'étage au-dessus, j'ai croisé dans l'escalier la femme qui était restée coincée dans l'ascenseur quelques semaines plus tôt et que je connaissais un peu. Elle venait régulièrement livrer de petites corbeilles de légumes biologiques aux résidents de l'immeuble et j'avais remarqué qu'elle traînait souvent dans les couloirs, à toute heure du jour et de la nuit. Cette fois-ci, comme c'était la veille de mon départ et que je voulais sans doute conclure, ne pas tout laisser en suspens, je lui ai demandé ce qu'elle faisait là, à une heure si avancée. Elle a bredouillé quelque chose que je n'ai pas très bien compris mais qui ressemblait à un mensonge. J'ai pensé que cette femme venait ici pour d'autres raisons que celles de son petit commerce. Peut-être aimait-elle éprouver la beauté froide de ces lieux, peut-être avait-elle besoin de s'éloigner d'un logement qu'elle partageait avec ses parents âgés, peut-être qu'elle cherchait à entrer en contact ou à s'immiscer dans la vie intime de l'un des résidents ou peut-être même qu'elle venait incognito, occuper tel recoin pour y dormir, pour y fuir, pour se ressourcer, pour disparaître provisoirement des radars affûtés de la vie sociale. J'ai tendu l'oreille pour m'assurer qu'elle avait pris l'ascenseur et avait quitté l'immeuble mais je n'ai pas entendu le barrissement de la machine ni le couinement des portes automatiques. J'ai vérifié que l'ascenseur n'était pas coincé entre deux étages. J'ai imaginé qu'elle allait, telle une ombre, hanter les étages vides de la résidence pendant toute la nuit et qu'elle aurait disparu avant l'arrivée matinale des employés de ménage.

J'ai passé le seuil de mon appartement, ai pris soin de fermer la porte à clef et me suis concentrée pendant quelques heures sur le rangement de mes bagages tout en ruminant encore et encore les dernières rencontres que j'avais faites et les silences dont ces rencontres avaient été tissées. J'ai repensé aux questions que ces entretiens avaient ouvertes, questions qui m'avaient assaillie dès mon arrivée dans l'archipel et qui m'assaillent encore depuis. Si ma tension intérieure s'était quelque peu apaisée, je sentais, comme on sent l'arrivée du mot oublié sur le bout de la langue, qu'une forme se dessinait en moi, presque sans mon consentement. Et, suivant en cela les conseils que je donnais avec une fausse assurance à de jeunes écrivains qui parfois me le demandaient, je me suis dit qu'il fallait faire confiance à son propre aveuglement, s'appuyer sur lui sans essayer de le brusquer et de le réduire, pour faire jaillir à force de travail, de reprises et d'errements, la bête tapie derrière tout ça, silhouette inconnue encore qui attendait la clef grâce à laquelle ouvrir enfin sa cage.

Tu t'es tue ?
Je me suis tue
Qui es-tu ?
Je ne sais plus
Qui est *tu* ?
Je suis *tu*
Tu te terres ?
Taire me tue.

« Certaines choses valent sans doute la peine d'être racontées pour la simple raison qu'elles se sont produites. »

Maggie Nelson, *Une partie rouge*

J'ai atterri en France, c'était novembre. J'ai récupéré mes bagages et, une fois devant la porte de l'immeuble, j'ai été incapable de la franchir. Non pas qu'elle ait été trop lourde mais je ne me souvenais plus du code d'entrée. J'ai regardé la porte. Je l'ai scrutée. Elle était bleue, et sur l'énorme poignée en fonte la peinture s'était écaillée, du fait des nombreux frottements avec les mains humaines qui chaque jour venaient s'y appuyer. J'ai aussi constaté qu'elle était couverte de graffitis et j'ai éprouvé une sorte de tendresse pour ces signatures indéchiffrables, brouillonnes, sans doute réalisées par un graffeur voulant marquer son territoire ou signaler une étape dans un mystérieux jeu de piste. J'ai touché le clavier placé à droite de l'entrée afin de sentir peut-être sous mes doigts quelque chose qui me fournirait un indice. Un chiffre plus lisse, moins bien dessiné à force d'être enfoncé. Mais non. Je me suis écartée de la porte et j'ai fait semblant d'attendre quelqu'un en regardant mon poignet pour lire une montre imaginaire. J'ai sifflé d'un air dégagé. Finalement quelqu'un que je ne connaissais pas a pianoté à l'abri des regards et a ouvert. Je lui ai emboîté le pas. Il m'a regardée avec une moue suspicieuse, je me suis excusée, je lui ai dit que j'habitais là, il n'a pas eu l'air de me croire.

En entrant dans l'appartement, j'ai découvert que tous les objets avaient été déplacés. Après avoir fouillé les tiroirs et les placards à la recherche d'effets personnels que je jugeais essentiels, j'ai appelé ceux qui avaient occupé les lieux en mon absence pour leur demander où ils les avaient rangés. Ils n'ont pas répondu à l'appel.

J'ai passé trois jours enfouie sous la couette en raison d'un froid et d'une humidité dont j'avais perdu l'habitude. J'ai regardé hébétée les épisodes d'une série, *The Americans*, qui raconte la vie compliquée de deux espions soviétiques parfaitement intégrés à une société américaine qu'ils ont noyautée dès leur jeunesse, et dans laquelle ils ont construit une vie très crédible en mettant au monde deux enfants totalement ignorants de la double identité de leurs géniteurs. Ils jonglent avec des rôles multiples à coups de perruques, de prothèses nasales et dentaires, de fausses lunettes, de costumes d'emprunt, d'accents texans retravaillés, en vue de tromper tel ou tel Américain détenant des informations secrètes et de cacher la vérité à leurs enfants. Au bout de trois saisons à suivre ces personnages pris dans les lacis infernaux de leurs mensonges au point de ne plus trop savoir qui ils sont, j'ai interrompu le visionnage, intérieurement éprouvée par un art de la dissimulation dont on sent qu'il finit par attaquer ceux-là mêmes qui croient le maîtriser.

La petite lumière qui m'avait portée et qui, tout au long de mon séjour, avait clignoté de manière intermittente vacillait, j'avais hâte qu'elle s'éteigne, je ne voulais plus entendre parler des Japonais, de l'exquise subtilité de leur culture ni de leur sens de la sociabilité, je me sentais à l'étroit dans ma propre peau, mesquine, resserrée autour de mon obsession délétère, attentats, terreur, gaz, assassinat dans des tunnels, corps allongés à la sortie des bouches de métro ou sur les quais. Pour changer d'échelle, je me suis mise à lire des revues scientifiques sur l'expansion de l'univers et sur l'accélération incompréhensible de cette expansion, les galaxies s'éloignent les unes des autres de plus en plus rapidement alors que les lois de la gravité devraient ralentir le phénomène, que se passe-t-il dans les espaces interstellaires, les astronomes étaient obligés pour faire fonctionner leur modèle d'imaginer une antigravité universelle, j'ai savouré le nom simple et suggestif qu'ils donnaient à ces forces contraires, *énergie sombre* et *matière noire*, l'infiniment grand restait à peu près aussi incompréhensible que l'infiniment petit et on était contraint de multiplier les inconnues pour adapter les calculs aux puissances vives de l'univers.

J'ai mis des mois à réécouter les entretiens, à lire mes notes, j'étais préoccupée par des problèmes personnels que j'avais mis de côté et qui resurgissaient sous la forme d'un père âgé, diminué, furieux, un peu dément, épuisé, assoiffé, puis agonisant. Je me suis rendu compte que ma famille, déjà si petite et éprouvée, allait encore être réduite et que bientôt je serais la seule survivante.

Le Covid a surgi, j'ai été confinée, puis mon père est mort. J'ai posé mes mains sur le drap qui recouvrait sa tête et j'ai essayé de sentir ses traits à travers les coutures, son nez busqué, ses lèvres minces, j'ai crié pourquoi avez-vous cousu le drap sur son visage, le rabbin a répondu que c'était la tradition, j'ai crié il étouffe, le rabbin a répondu que c'était la tradition, déchirez vos vêtements et soyez en deuil pendant quarante jours, a-t-il ajouté, j'ai maudit la tradition, je n'ai pas déchiré mes vêtements, j'ai outrepassé les espoirs du rabbin quant à la durée du deuil, mais ça, je ne le savais pas encore, au moment de faire mes adieux mes mains ont tremblé, j'ai failli, je n'ai pas pris la mesure, j'ai traversé la nuit dans le gris car la nuit n'est pas noire mais neutre, épaisse et incolore, les étoiles qui me tenaient lieu de guide se sont écartées, je n'ai pas su les retenir ni enrayer l'accélération exponentielle de leur éloignement, l'univers est devenu plus grand donc j'ai été plus petite à l'intérieur, plus esseulée, plus démunie, mes mains ont tremblé, j'ai été projetée dans l'avenir et dans le passé en même temps, j'ai été secouée par des forces contraires et mon armure s'est fendue.

Je n'ai pas réussi à surmonter l'épreuve, j'ai commencé à tout mélanger, les morts anciens et nouveaux se sont mis à danser, d'abord autour de moi puis à l'intérieur, puis si profondément que j'ai eu bien de la peine à les distinguer de mon propre corps, je me suis sentie entièrement habitée. Je n'ai pas respecté les procédures, le rabbin avait dit déchirez vos vêtements, je ne l'ai pas fait, il avait dit arrangez-vous pour que la prière soit lue par dix hommes, je ne l'ai pas fait, j'ai été grignotée jusqu'à la moelle par le retour incessant du père, j'ai maigri, je ne savais plus comment m'y prendre, j'ai regretté de n'avoir pas pleuré trente-cinq ans plus tôt, de n'avoir pas parlé trente-cinq ans plus tôt, de n'avoir pas supporté trente-cinq ans plus tôt la disparition de ma sœur aînée, je m'en suis voulu d'en être encore là après tant d'années, toujours au même point et au même âge, dix-huit ans comme s'il n'y avait pas moyen de grandir, le gaz sarin ne servait pas d'exutoire, il était aussi invisible et toxique que le reste, il y avait des spectres tout au long du chemin, la sœur et le père morts se disputaient un corps, le mien, comme si j'étais un squatter expulsé par deux propriétaires mécontents de constater que les pièces avaient été mises à sac et vandalisées.

Je rêve que mon père, maniaque, rédige chaque jour l'état des lieux et vérifie que les fenêtres, les portes, les peintures, les parquets, les meubles n'ont subi aucun dommage, sa méticulosité m'énerve d'autant qu'il constate des manquements et les note avec minutie sur un calepin noir que j'essaye en vain de lui arracher des mains. Je sais bien pourtant qu'il n'est plus qu'une photographie fanée dans un cadre, j'exècre d'ailleurs ces images fixes parce qu'elles se sont substituées aux sensations anciennes désormais détruites, comment en vouloir à ceux qui n'ont rien gardé en tête à propos d'attentats vieux de presque trois décennies alors que je suis incapable de me projeter en arrière pour rappeler à moi un souvenir précis, je suis investie par quelque chose d'aussi vague et collant qu'un cauchemar récurrent.

J'ai envie de fabriquer des poèmes répétitifs
scander des noms que personne ne prononce plus jusqu'à ce qu'ils atteignent leur cible
bien que je n'aie pas la moindre idée de la cible qu'il faudrait viser
écrire par fragments comme les prêtres et les chamanes pétris de formules magiques
jusqu'à ce que l'enfance et l'adolescence réapparaissent
que la continuité soit rétablie
que le groupe de quatre personnages
les deux parents et leurs deux filles
dont j'ai été l'une des membres
en quête d'un lieu où s'incruster et prendre chair
retrouvent juste un instant
ce qu'ils ont été ensemble
histoire que j'aie le temps d'enregistrer comment ils formaient famille
avant que cette entité
qui n'existait que dans les flux de conscience
et les esprits de ceux qui en ont fait partie
ne soit dissoute
à trente-cinq ans d'intervalle
par des morts successives
qui n'ont même pas respecté l'ordre des générations.

Déchire tes vêtements a dit le rabbin
et je ne l'ai pas écouté
alors que ce geste de séparation
aurait permis peut-être d'articuler un adieu décent
et de laisser partir le père.

Trente-cinq ans plus tard le deuil me soulève, me plisse,
me retourne comme le ferait la secousse d'un séisme
je suis fissurée par ses répliques
et je me plie, me casse et me ratatine
les forces me quittent
je suis face à ce qui me terrifie
c'était donc ça
la terreur invisible
je ne comprends pas pourquoi je n'ai pas été réduite en cendre
pourquoi je résiste
ce qui tient encore.

Débarrasse-toi de moi car je suis léger comme une plume dit le père.
Le feu m'a consumée mais je suis intacte dit la sœur aînée.
Quant à la mère, elle ne dit rien, sans doute parce qu'elle vit encore.

Je suis en grande détresse, rien de ce que j'entreprends ne s'accomplit, tout mouvement s'interrompt, le flux se bloque, l'avenir est bouché, la dépression n'est pas un cauchemar ou un drame, plutôt une grande toile grise sans profondeur, sans perspective, un brouillard qui atténue les contours, annule les traits saillants, égalise, amoindrit, une forme insidieuse et cotonneuse d'anéantissement.

C'est dans cet état que je rencontre Madeleine (dont j'ai changé le nom, comme si je devais encore et encore recouvrir, masquer, simuler, comme si le gaz sarin, volatil, et ceux qui m'en avaient parlé à mots couverts en digressant et en dérivant m'avaient servi de modèle et de leçon). Pour me donner une contenance, dessiner des jalons, lancer des bouées, j'explique à Madeleine ce que je cherche, ce sur quoi j'écris, elle ne connaît pas l'histoire des attentats de Tokyo mais elle veut témoigner, me parler, elle ne se dérobe pas, je ne comprends pas bien son insistance, je décide de me laisser porter, nonchalance, cécité et aveuglement, je veux perdre un peu de lucidité, m'immerger dans la parole de l'autre pour que la place du mort, à l'avant, juste derrière le pare-brise, soit occupée par une inconnue, j'espère substituer un mannequin en mousse à un corps bien réel afin que les essais destinés en général à tester la résistance des carrosseries automobiles et l'efficacité des airbags en cas de choc n'abîment que des matières plastiques.

Y a-t-il une chose dans ta vie que tu regrettes ?

J'écarte les questions qui se placent entre Madeleine et moi, j'essaye de percer l'écran, d'arriver aux faits, le déclenchement de l'opération est imminent, la forme que j'attends va bientôt apparaître, scolopendre, silhouette humaine, homme femme veuve ou enfant, Madeleine me raconte des choses extraordinairement intimes avec une simplicité déconcertante et presque en chuchotant.

Nous préparions un spectacle avec un groupe de danseurs que je connais bien. Je leur avais demandé d'exécuter une danse improvisée en réfléchissant au préalable à une raison qu'ils auraient de danser. Ils n'avaient pas besoin d'énoncer la raison, juste d'y penser. Nous répétions à partir de leurs improvisations mais Gabriel, un danseur que j'aime beaucoup, n'arrivait pas à se défaire de sa technique, de tous les signes et les langues que l'apprentissage de la danse lui avait fait acquérir. Je voulais qu'il se laisse traverser par des mouvements plus anciens, qu'il retrouve le rapport ancestral que nous avons avec le mouvement, qu'il se dénude de son savoir, mais il n'y arrivait pas. Ce garçon résistait et résistait encore, et ses danses étaient à la fois belles et empruntées.

Pendant que Madeleine me parle, je me répète, cécité, aveuglement, cécité aveuglement, tu devrais déchirer tes vêtements, a conseillé le rabbin.

Un jour pourtant, alors que c'était son tour de danser, Gabriel s'est avancé dans l'espace restreint où cette cérémonie avait lieu et il s'est livré à une danse qu'on ne lui avait jamais vu faire, une danse de singe japonais, joyeuse, humoristique, sautillante, comme s'il était habité par un esprit facétieux, un lutin fou et gai à la fois. Nous étions tous sidérés par ce qu'il venait de faire. Après la répétition, je lui ai demandé ce qui s'était passé, il a répondu laconiquement qu'il avait dansé pour les disparus, rien de plus. Mais au moment de la pause du déjeuner, nous sommes sortis au soleil, il faisait beau, nous nous sommes assis par terre en cercle, et Gabriel, tout à coup, a déroulé d'un seul trait l'histoire qu'il avait retenue si longtemps et qu'aucun d'entre nous ne connaissait.

Madeleine prête sa voix à un autre qu'elle, elle ne craint pas ce genre de délégation, elle ne faiblit pas, elle ne se dérobe pas, je la suis et j'écoute à travers elle les mots de Gabriel.

Dans les années 90, beaucoup de jeunes filles ont disparu presque en même temps dans le sud de la France et parmi ces jeunes filles il y avait Tatiana ma sœur aînée, a dit Gabriel sans regarder personne, les yeux fixés quelque part, entre le ciel et la terre. J'avais neuf ans à l'époque et on ne l'a jamais retrouvée. Ça fait maintenant plus de trente ans, on la cherche encore. Chaque fois que l'enquête avance, qu'on découvre la trace d'une des filles, un vêtement, une adresse, une séquence ADN, un reste, ça crée de l'espoir pour toutes les familles. C'est encore arrivé il y a quelques jours, on a retrouvé des indices mais ça ne venait pas de Tatiana. Alors, de déception, et peut-être parce que cette fois-ci j'ai enfin admis qu'on ne la reverrait jamais, j'ai voulu lui adresser un signe, lui dire adieu, afin que nous puissions tous les deux être au repos, chacun à sa place, moi parmi les vivants et elle parmi les morts.

Madeleine n'en a pas encore fini avec le deuil, elle a encore beaucoup de choses à m'apprendre, beaucoup de nœuds à dénouer pour moi alors que je ne l'ai pas appelée au secours, pas vraiment, elle me fait ce cadeau immense que je reçois avec reconnaissance et dont je me sens responsable, même si je me doute qu'il faut cesser avec la responsabilité, cesse avec la culpabilité, ce sont des émotions à proscrire, cécité aveuglement et nonchalance, je ne suis pas encore prête parce que je veux tenir et tenir encore jusqu'à ce qu'enfin la corde lâche et que j'accepte de ne plus être coupable de rien ni de personne.

La première du spectacle que je préparais avec Gabriel devait avoir lieu en janvier 2015, a dit Madeleine. Exactement le 8 janvier. Le lendemain de l'attentat à *Charlie*. Nous avons hésité, puis avons décidé de jouer quand même. Tout le monde était bouleversé. Parfois les danseurs pleuraient au milieu de la danse. Et par effet d'écho et résonance, les spectateurs eux aussi pleuraient. On avait la sensation d'être dans un bunker alors que dehors les répliques de l'attentat se déroulaient. La salle était comble comme si nous avions tous besoin de nous réunir, là, dans le noir. On se comportait comme des survivants qui chantent et qui dansent malgré tout, conscients du fait qu'ils célèbrent les disparus à travers chacun de leurs gestes. La danse de Gabriel, toujours improvisée, jamais pareille, a pris tout son sens ce soir-là et de fait il n'a plus jamais été comme avant, il n'a plus jamais perdu cette manière d'être présent, d'être profondément animé et lié, il a vraiment appris à ne plus faire semblant. C'est grâce à lui que j'ai compris ce que je cherchais dans la danse, travailler avec et pour les morts, les honorer. Je n'ai pas peur d'eux, je les aime et je me tiens à leurs côtés. Je les considère comme nécessaires, vibrants, ils m'ont donné de la force, je leur dois un tribut en retour. L'art est comme un feu au milieu du village, un foyer dansant où les gens s'assemblent pour discuter, se retrouver, et donner aux morts la place qui leur revient, ni avec nous, ni contre nous, ni sans nous, présents d'une manière évanescente pour ne pas entraver notre liberté d'action. Nous œuvrons avec eux pour qu'ils ne pèsent pas trop et pour que nous ne passions pas non plus notre temps à les retenir. C'est un travail d'équilibre entre l'intérieur et l'extérieur, la construction délicate d'une relation.

Je n'ai pas pleuré quand Madeleine m'a raconté l'histoire de Gabriel mais j'ai pleuré en l'écrivant. Se dessinaient sous la forme floue d'une fillette disparue trois décennies en arrière les dégâts, les tensions et les nœuds que le silence crée et qu'il est si difficile voire impossible de délier ensuite. J'aurais voulu être capable de m'adresser aux morts sans en être affectée, j'aurais voulu vaincre ma paralysie, ma dépendance et mon chagrin indéfiniment reconduits. J'aurais voulu comme Gabriel danser une danse joyeuse, alerte, vive et sautillante. J'aurais voulu marcher sur un fil comme le font les funambules, franchir le gouffre avec l'agilité d'un singe et me retourner sur le passé, non pour m'y embourber mais pour m'en servir comme d'un trampoline, rebondir toujours plus haut en défiant la gravité. Je ne savais pas comment faire ni quelle technique employer mais Madeleine, elle, le savait.

En décembre 2013, j'ai dû faire exhumer ma mère pour des raisons administratives, a-t-elle dit. Ma grand-mère venait de mourir, elle voulait être enterrée avec sa fille dans le caveau familial et il n'y avait plus de place. Il fallait donc procéder à une réduction des corps. On prend les deux dernières personnes empilées dans le caveau, en l'occurrence ma mère, qui est morte en 1975, et mon arrière-grand-mère, et on met leurs os dans un reliquaire plus petit. J'ai voulu assister à cette opération parce que c'était pour moi la seule occasion de voir ma mère. Elle était morte quand j'avais un an et je n'avais aucun souvenir d'elle. Serge, le fossoyeur, était un gars extraordinaire, une espèce d'ange. Il venait de la Marne, c'était un paysan sans éducation, arrivé dans le métier par hasard. Un passionné, Serge. Avec des grosses paluches. Il a très bien compris où je voulais en venir. Il a transvasé ma mère dans le reliquaire en remettant bien tous ses os à leur place et lors de ce transvasement il m'a permis de laisser plein de petites choses à ma mère. C'était au milieu du mois de décembre, il faisait froid. J'avais emporté un pull rouge en angora que je portais tout le temps et ma mère est repartie allongée sur mon pull. J'étais venue avec du lierre. Je voulais lui laisser une plante de ma maison mais comme c'était l'hiver seul le lierre avait résisté. Et Serge m'a expliqué que le lierre est un symbole de l'attachement et moi je ne le savais pas mais c'est vrai, ça s'attache, ça dure, ça prolifère et ça n'en finit pas de grandir. Serge était accompagné d'un flic qui observait la scène. Je lui demandais est-ce que je peux mettre des photos ? Et le flic faisait juste un oui de la tête. Est-ce que je peux mettre une lettre ? Et le flic faisait oui de la tête. Il m'a laissée tout déposer dans le reliquaire de ma mère alors que c'était théoriquement interdit. J'ai eu l'impression d'aller dans le passé et de le réparer sous l'œil bienveillant d'un flic et d'un fossoyeur. C'est sous la forme du squelette que j'ai enfin pu rencontrer ma mère.

À quel moment exactement as-tu commis une erreur désormais irréversible ?

Je continue à croire à la rature, à la correction, à la reprise, je me concentre, cécité aveuglement nonchalance, c'est presque une prière, le rabbin m'a conseillé de déchirer mes vêtements et je ne l'ai pas fait, j'ai pensé être plus puissante que mes superstitions, plus raisonnable qu'elles, je reprends les conseils du rabbin là où je les ai laissés, je déchire ma veste puis ma chemise, je pose sur mon cœur, là où l'entaille a été faite, un vieux manuel hébraïque dans lequel mon père m'a appris il y a plus de quarante ans à lire les lettres de l'Ancien Testament, je l'applique sérieusement sur la plaie intérieure à même la peau et murmure les quelques mots épars que j'ai gardés de ce très ancien apprentissage, je devine le doigt de mon père posé sur les lignes de droite à gauche puisqu'en hébreu tout se lit à l'envers, et mon doigt après le sien suit les lettres, ce doigt même qui s'est infecté et que j'ai soigné avec les moyens du bord, je pointe cet index cicatrisé vers l'illisible et l'intraduisible, dans le sens inverse de mes habitudes de lecture et dans le sens inverse de mes habitudes d'écriture, je bute sur la reliure, et Madeleine pendant tout ce temps-là ne me quitte pas, elle qui, avec les mots pour seule arme, a rejoint tranquillement une femme qu'elle n'avait presque pas connue afin de célébrer sa rencontre posthume avec elle, et elle me souffle sans même me connaître qu'il n'est jamais trop tard pour approcher ceux qu'on a perdus, pour leur parler, pour apaiser sa peine avant de les laisser reposer là où ils sont et où ils doivent être.

Ils s'adressent à moi
dans mon sommeil
mais je n'arrive pas à démêler leurs mots
comme s'ils disaient tout en simultané
et qu'il aurait fallu pour les comprendre
que je ralentisse déplie dénoue
ce drôle d'écheveau de sons emmêlés.
Mes efforts sont inutiles
leurs voix sont brouillées
tant pis
si je ne comprends pas ce qu'ils disent
du moment qu'ils sont là.
Ils sont parfois si proches
et si réels

plus encore qu'ils ne l'étaient
quand je les côtoyais en vrai
et que je ne prenais pas garde
insuffisamment instruite de ce que l'avenir réserve
à la puissance spécifique de leur corps
de leur histoire
de leur odeur
de leurs mouvements
je suis sûre que si je les avais maintenant à mes côtés
je serais un peu plus attentive
à ce qu'ils ont été.

Grâce à Madeleine, j'ai aperçu l'arrondi lumineux au bout du tunnel, j'ai surplombé le vide sans succomber au vertige, j'ai marché sur le pont suspendu enjambant le gouffre, j'ai cheminé vers l'autre côté, Madeleine m'a fait accepter l'obscurité. Quand je doute, je peux réécouter sa voix enregistrée et m'imaginer, ouistiti ou babouin, m'accrocher aux branches hautes d'une forêt de signes pour traverser cette longue nuit qu'on ne cesse, en avançant en âge, à la fois d'approcher et de quitter. J'espère que devant ce nouveau seuil où je me tiens aujourd'hui, plus loin que le milieu du chemin, et toujours plus près de la fin, je pourrai bientôt d'un pas ou d'un saut peut-être franchir l'obstacle dressé devant moi et approcher ce qui jusqu'à présent a si cruellement manqué à ma manière de marcher, de penser, de parler, de vivre : un certain art d'être léger.